怦然心動的巧克力專賣店

수상한
초콜릿 가게

金藝恩 著

吳念恩 譯

作者的話

據說十七世紀傳染病猖獗時，一名科學家成日待在家裡，發現了著名的科學定律。而現在，我也遇到傳染病大流行，與他的經歷相似。我在疫情時代提筆寫作，如今這部完成的作品將要出版了。

即使我對其他領域毫無把握，信心值甚至低於半地下屋[1]鋪的慘黃色地板，但至少在寫作方面，我的信心直達雲霄[2]，彷彿懸掛在天堂天花板頂部的吊扇上。我滿腦子都是想要發揮的素材，而今，我想透過讀物更接近讀者，《怦然心動的巧克力專賣店》便是其中之一，希望藉此，讓我們之間的距離得以更靠近。

我熱愛寫作，願你們也能喜歡我寫的作品。

※本書註解為譯註加編註

1 意指一半於地表、一半位於地底下的房屋型態，窗戶對到行人的腳邊，空間潮濕、採光不足、空氣不流通，屬於韓國較為簡陋、條件不佳的住屋形式。

2 中文用法中「信心跌落谷底」，在韓文中會以「信心低到地板」來呈現，故作者是以此延伸做信心值高與低的比較。

Contents

Chapter / 3

不能就此承認不適合嗎？

Chapter / 4

一口口將你我交織在一起

Chapter / 5

無論情感是多是少、年紀是大是小，都是認真愛過的人生

Chapter / 6

如果愛情就是這樣

Chapter

／I

我的心意無處安放

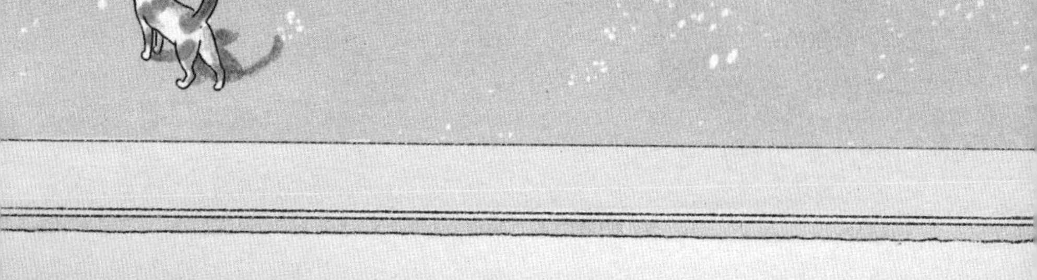

Sarang de Chocolate

生巧克力

招牌上刻著一行「Sarang de Chocolate」，緊繫著兩條鐵絲、輕巧地隨風搖曳，以鏗鏗鏘鏘的聲音在店門口招呼著客人。一步步走入首爾市中心的窄巷子，能察覺整條街瀰漫著巧克力的甜甜香氣。有一間手工巧克力專賣店隱身其中，裡頭傳來爵士或適合跳起搖擺舞的鄉村音樂，偶爾也會播放七、八〇年代音樂組合C'est si bon[3]的歌曲。

與略顯老舊的韓屋外觀不同，走進店裡仔細瞧瞧，會看見中古歐洲風的精緻空間，陳列著香港風格的古董，好似可以在裡頭跳起茶舞[4]——這一切都是我的喜好，整個空間乍看之下有點雜亂，但賣起巧克力，又顯得頗為和諧。就像巧克力能跟草莓、杏仁各種食材都搭配得恰好，店面的裝潢也任由我融合了各種元素，最後打造出這間巧克力專賣店。

「我戀愛了」、「我好喜歡那個人，該怎麼辦？」，大多數的客人會帶著各式各樣的經歷走進我們的巧克力店，主要是甜蜜的初戀，或是苦澀不堪的單戀故事，他們回想起過去的初戀、挖出心底塵封已久的故事，並漸漸憶起陳舊、不懂事的時光。

無論客人帶來的故事，會使人聽了感到悸動，或一陣鼻酸，只要客人吃下一口巧克力，就能從嘴裡化開的香甜得到慰藉，接著再以幾句固定台詞向我道別——

「謝謝您。期許我可以上壘成功，之後，我會再帶著愛人一起來造訪這家店的。」離開巧克力店的男男女女，可能生成了全然放下單戀的勇氣，或

3活躍於一九七〇年代的韓國樂團，被譽為引入西洋流行樂的先驅。

4下午茶時間跳的舞蹈，通常會在春秋季的下午四點至晚上七點進行，其歷史可追溯至十八世紀英國倫敦。

可能在此獲得了追愛的勇氣，最後與對象雙向奔赴、攜手再次來訪。

「噹啷——」

店門上掛的銅鈴，隨著風聲的催促，以清亮的鈴聲，告知了今日第一位客人的到訪。

「歡迎光臨～」

客人望了一圈陌生的店內環境，接著凝視著醒目的公告，緩慢地唸出聲。

〈專屬你的巧克力愛情諮商室〉

各位，你們有跟他人分享過自己初戀或單戀的故事嗎？

您是否體驗過愛情的甜蜜、以及偶爾的苦澀感呢？

這個空間專屬於你，

歡迎敞開心房說說你的愛情故事。

我們會用巧克力融化諸位的心，

並支持各位的美麗愛情，

待修補好你們的心，

我們會再根據顧客分享的故事，送上專屬的巧克力。

「是要融化什麼啦……」

聽見客人的低聲呢喃，我不露驚慌地向客人補充道：

「請問……您正在暗戀某個他嗎？」

客人這才擔心自己的自言自語是不是被聽到了，一時無法掩蓋神色中的驚訝與尷尬，同時，又因自己的心意露了餡，掩飾不住羞澀。最後她才含糊其辭地回應：「什麼……？是的……」

「若您時間允許，要不要坐下來說說自己暗戀他人的故事呢？」

客人有些不知所措，接著才小心翼翼地應允，大概是想著，一大清早能被招待巧克力也沒什麼損失吧。

「來，這邊請。」

為了接待本日的第一位顧客，我引導她到巧克力店後方，那裡有一個布置得小巧可愛的單戀諮商室，裡頭的裝潢不離店舖古色古香的氛圍，陳列了各式古物、再搭配花俏的壁紙，散發著既凌亂又風格統一的俐落美。我拿出從古董店買來的兩張椅子，並拉了其中一張給客人坐下。

「不過……為什麼這裡要特別取名為『專屬你的』愛情諮商室呢？」

她先是用炯炯有神的雙眸環視四周，坐下後，第一句話便問起文案大標題裡的用字。從她站在門口以來，她的身上便隱約散發著香水味，接著伴隨著她輕盈的步伐，香味又迸然散落在店面四處，直到那香氣終於駐足於我的鼻尖，我才清楚地感受到，那香氣跟眼神雪亮的她再適合不過了。我於是接著回答——

「我們不是想聽單純的愛情故事，而是想看著顧客成為愛情故事的主角、再聽客人訴說自己的情感。畢竟，通常愛情故事裡，不太會把單方面的愛情納入嘛，初戀、單戀都是一個人的愛情故事，所以我很想聽聽這些，給點安慰、讓人們不再孤單、順便讓大家的情緒有一個出口。」

「啊，原來如此。」她點頭表示理解，並稍微平復自己慌張失措的心情，接著用有些緊張的表情，道出自己坐在這裡的事由。

「我也是第一次跟別人聊我的暗戀故事……」

順應著她說可以喝熱咖啡，我便沖了濾掛式咖啡，將我跟客人的兩杯飲品放在桌上，接著說道：「沒關係的，在吐露內心想法的過程中，不知不覺您的情感會被妥當地羅列——啊原來我就是因為這樣跟那樣的事情喜歡上他的——全心品味著自己的心意跟回憶，這會成為表達愛意的契機。就像包裝精美的巧克力盒中，那塊在嘴裡慢慢品味、融化掉的巧克力一樣？」

在陌生的環境裡，略帶幾絲尷尬的客人依然沒有完全放下警戒心，但逐漸因為我的話語敞開心扉，燦笑應答。

「要怎麼稱呼您呢？」想來是那個微笑讓我也越感親密，所以我問了名字，接著準備開始聽故事。

「啊，我的名字是宋書賢。」

「書賢小姐好。請問您單戀多長時間了呢？」

這是每當諮詢者來訪，都會被問到的第一個問題。

「嗯……大概有一年半了吧……？哇，不知不覺就過這麼久了呢……」

「這期間您真的都沒有跟任何人談過自己的故事嗎？」

「是的……」

「方便請問一下有什麼特別的原因嗎？難道您都不會覺得心頭鬱悶、焦急痛苦嗎？」

說不定對客人來說，攤開自己未曾表露過的情感，並向第一次見面的我訴說，是一件大事，所以我總是心懷感恩，既期待、又有些擔心，內心不斷地苦惱，該如何才能用更好的話語安慰客人。一方面又好奇，還會有什麼樣的客人帶著什麼樣的故事前來？

「是啊。但是……當要表達我內心深處的心意，我總覺得我的情感無法完整地傳達，那就像是……世界的空氣與那些單字相遇，接著被強行連結成句，而愛意就在過程中失去了它原本的純粹了。某些人聽來，那都只是稚氣未脫的兒時之戀，所以就落到這處境了……我有多麼喜歡那個人，只有我才懂自己的心意啊。」

「您的話也是滿有道理的，沒有對任何人說過的那些話……今天真的可以說給我聽嗎？」

喝下幾口咖啡，她的神情變得稍微平穩，想到自己要初次坦白心意又藏不住害羞，但仍是表現出自信的姿態答道：「是的！」

「您是怎麼喜歡上那個人的呢？」

以我的提問開始，女子道出了自己的單戀故事。

「嗯……這還真是有點難為情欸……是什麼時候來著？大學二年級的時候嗎？我遇到了一個休學過的學長，他復學後跟我讀同年級。我……第一眼就喜歡上他了，我本來就是一見鍾情的類型，對我來說，是第一眼感受到的氛圍跟第一印象吧，那些都很真實。該說我覺得自己的直覺很準嗎？總之，大概是這樣。」

「校園愛情啊……真是青澀的故事呀……」

「唉，說什麼話呢，大家不是都說不要嘗試嗎？或許，這就是為什麼我的愛情至今都還沒成功吧。」

她藏住錯綜複雜的心情，繼續說下去。

「我們兩個讀不同科系，是因為我們都在大傳社，所以平常有滿多交集。那時候的社團活動是很有趣的。

「我本身是新聞系，所以加入這類性質的社團，是再理所當然不過。但是那個學長是讀資工的，卻加入了這個社團？所以我當然也有問他加社團的動機。」

我臉上擺出「然後呢？」、引導她回答的表情，她便繼續說道：

「他說，紀實採訪是他一項樂趣，成天跟電腦對話之餘，能拍拍照、透過採訪聽聽他人的故事，很有收穫。

「那個學長功課好，外貌又出眾，訪問老人家的時候也總是謙恭有禮，您應該可以想像那個畫面吧，爺爺奶奶們完全不顧其他學生，只『尬意』那個學長，成天熱情呼喚他、還會另外準備零食給他……不過學長總是會將長輩們的食物分給社團的所有人。」

她一想到那位學長就不禁嘴角上揚、滔滔不絕，也許是突然意識到自己有點激昂，於是稍微平復了一下自己興奮的情緒。

「有一次，我們一起去果園進行採訪，結果一見到面，學長看到我腳上的鞋，便把我叫過去。」

「我們今天穿同款的鞋子耶，別人看了會誤以為我們在交往吧！」

「撞個鞋有什麼特別的，何況那只是路上常見的黑色基本款運動鞋，怎麼會突然大驚小怪地說這種話，我不禁遲疑，這人是怎麼一回事？為什麼說這種話？何況他又沒有喜歡我？我既害羞，心中又不禁滿是歡喜。」

「學長，穿一樣又怎麼了嗎？難道要拍個紀念合照嗎？」

「我刻意掩飾內心的悸動，若無其事地說道。趁這次機會，成功跟學長拍了第一張合照。」

她心滿意足地說道，表情好似在表示：「這招還不錯吧？」

「好啊，拍吧！欸恩雅，來幫我們照張相吧！」

「什麼？突然拍什麼照？要拍也該去果園裡面拍才對吧？唉，沒事，就幫你們拍吧，當作紀念。」

「站在我最要好的朋友恩雅面前，我裝作『反正拍個照也沒什麼大不了』，若無其事地拍完照後馬上回到崗位，把採訪用具跟其他行李裝上了車。」

「恩雅～我去一下廁所喔！」

「果園的取景跟採訪告一段落之後，大家終於能稍作休息。在回程路上碰到一間便利商店，社團的同學們便聚集在店門口閒聊，而我向恩雅報備一番後，進去店裡借廁所。

「正當我要回到恩雅身邊的空位，學長便從隔壁桌走過來對我說。」

「妳上哪去啦？剛剛都找不到妳……」

「那天，我第一次感受到何謂心動、何謂心臟快要跳出來。那會使人懷疑自己的心臟是不是出了問題，雙頰與四肢變得紅通通、腦袋跟心臟怦怦直跳，真慶幸那時是晚上，不然我大概全都穿幫了吧？」

她不在時，他會主動找她、他總是用雙眸追著她，光是這些想法掠過腦海，就使她的心臟彷彿要爆炸了。

「哈哈哈，腦袋會怎樣呢？」

「腦子裡都在想著那學長、心也全然向著他，您懂的。」

不愧是大學生無敵的創造力，我甘拜下風地一笑。

「那您沒想過要跟那位學長告白嗎？」

她立刻帶著有些鬱悶的神情繼續說道：

「他跟前女友愛情長跑五年後分手，兩人甚至走過了學長當兵的時期，應該是真的很喜歡彼此吧，畢竟是從高中時期就開始交往，那份情意有多大，大概是我難以想像的吧？而且聽說那個姐姐長得非常漂亮。即使一切都是過去式，我仍舊有點顧忌，膽小地不敢貿然行動，畢竟我無法確定對方的想法如何，若是學長沒那個意思怎麼辦？

「我可以在一天內猶豫個數十次——要聯絡他嗎？要約吃飯或喝杯咖啡嗎？想著想著就過一年半了，甚至，我還有一些荒謬的想法。」

「像是什麼呢？」

「有時候啊，很希望……自己要是能被學長的演算法推播就好了。您應該也有點概念，大數據會根據本人的喜好跟習慣推播，在網路上隨便搜尋一下，就只會跳出自己最想看的電影，它還會推薦你本來就想找的衣服款式，我也好希望自己可以被演算法推銷宣傳一下。」

書賢無厘頭的想像力實在太可愛，我不禁噗哧一笑，在心中稍微消化後繼續提問。

「在宋小姐身邊，難道沒有暗戀您的人嗎？」

這突如其來的提問讓書賢神態慌張，思考了一下才回應。

「我……我嗎？嗯……我是有被別人告白過啦，但現在應該沒有吧……」

我躊躇許久，最後終於開了口。

「您有沒有想過，或許您的心上人也對您有意思？明明互相喜歡，卻又不明白彼此的心意，於是兩人心中都因相思病所苦。」

她用懷疑的眼神看著我，並用力地揮舞雙手：「怎麼可能，學長怎麼可能會喜歡我，雖然我數度心動，但我保證不可能啦，那學長對誰都一樣風度翩翩。」

「即使如此，我覺得，所謂心之所向，不分對錯好壞，您可以試著表明自己的心意。」

「嗯……我該鼓起勇氣嗎？唉，不了吧，嗯……唉，不知道耶，哈哈。」

「不如我送您一塊巧克力吧，正適合宋小姐的。」

「哇啊，當然好。」

「這是生巧克力。」

為了總是躊躇不前的書賢，我從桌子旁邊白色櫥櫃最上層，夾出了一塊口感濃郁滑順的方形巧克力，再挑了色彩與深棕色的生巧克力呈現鮮明對比的金邊方形高腳杯，以及一支甜點叉，握柄是橡膠製粉色的，一起遞給了書賢。

書賢掩藏不住感激跟喜悅之情，立刻將巧克力一口塞進了嘴裡。

「哇嗚！這是我最喜歡的巧克力耶！還有上面這個白色粉末，也很好吃。真是謝謝您的招待～」

「沒錯，這是撒了椰子粉的生巧克力，您知道嗎？生巧克力 Pavé 在法文裡原本是磚頭的意思，引申形容這種放進正方形模型凝固、最後再撒粉的巧克力。不覺得很有趣嗎？入口即化的生巧克力明明是給人一種柔軟的感覺！」

「對呀，真的很滑順！」書賢應道。

剛剛聽到書賢分享自己的故事，我就聯想到了生巧克力 Pavé——那柔順的口感，以及因其外形而得的生硬名稱。生巧克力不摻入麵粉，只需要按比例將巧克力和鮮奶油混合，再放入模型內凝固即可，過程中不需要精細的溫度調節（Tempering），屬於技術門檻低的巧克力。

「您的心因一人而融化後，在某個瞬間又被困在模型裡凝固，斷然想著『不可能的啦』，接著那冷卻的心頭又隨著寒風、被白雪覆蓋……」

我接著說道：「我能冒昧對宋小姐說幾句話嗎？」

「您是指……？」她面露疑惑地問道。

「嗯……該怎麼說呢？總覺得您的愛情故事中，兩人都對彼此有情意，只因那份情感呈現出來的形狀不一，而難被察覺……」聽我持續「雞婆」地補充說明，她先是假裝不知如何是好，接著又針對巧克力柔順的口感向我致謝。她喝下最後一口咖啡，再把剩餘的生巧克力包進紙袋中，隨著推門時再次響起的鈴聲，跨出下一步。

Sarang de Chocolate

威士忌酒心巧克力

其實，在書賢小姐到訪的幾天前，還有一個客人登門來訪。

「我還不敢進入下一段關係，但就這樣不跟她表白的話，好像又太可惜了。」

書賢小姐描述的故事我可熟悉了，因為客人珍榮先生已經跟我分享了同樣的內容。

「我喜歡上了社團認識的學妹。不知道是單純的好感嗎？總是特別在意她、一直想跟她搭話，但我又不敢貿然行動……」

「怎麼說呢？」

「我跟前女友交往了五年，最後因為她跟別的男生搞外遇，我們才分手。在那之後，不知怎的，我有點不敢自然地找新的對象，是我還沒走出失戀的情傷嗎？我不確定自己到底夠不夠喜歡那個學妹、也沒有信心開始下一段感情。」

「您是指，您害怕再次陷入愛情嗎？因為那段已經結束的關係？」

「是啊……明明根本還沒開始，就有些膽怯。光是腦中一直念起那個學妹，我就已經害怕自己會陷進去，好笑的是我根本還不知道她對我有沒有意思，就先自作多情演起小劇場了，呵呵。」

「您這是因為畏懼走入情侶關係，而在愛上某人的同時，就已經開始設想放棄了呀。什麼都還沒發生，有什麼好害怕的呢？在逝去的愛情裡經歷情傷，便一口咬定將來的感情也會帶來傷害，您不認為這是自己的錯覺嗎？」

「是啊……我知道，但還是做不太到……」

他長嘆了一口氣，等待空氣停止流動，才打破了沉默說：「但我的眼神總是情不自禁地望向她，又因為常常跟她對上眼，所以又加深了我對她的好感吧。我們主要在學校裡巧遇，我總覺得她經常在我面前晃悠，且我每次在大教室裡回頭的時候，都會跟那個學妹對到眼。若是我不先迴避她的眼神，她就會默默地凝視我好幾秒。」

「那您的感覺如何呢？」

「嗯……就心中短暫猜想『該不會她也對我有意思吧？』又馬上覺得『唉怎麼可能呢，應該只是她上課放空的時候，不小心跟我對到眼了吧』之類的？即使腦中掠過了不同的聲音，我又會因為她的可愛而不自覺地微笑。」

「如果那個學妹先跟你告白呢？」

「心中應該會有點矛盾吧，除了開心，大概還有點愧疚，因為不是我先開口告白。我還會很感激她。要是她真的跟我告白了，我好像能獲得勇氣，重新好好愛一個人。」

「您還是有所顧慮嗎？」

「是啊……明明是很久以前的事了，卻因為那時候真的太喜歡，所以現在變成一種傷疤了吧。」

「那您有覺得在哪個瞬間，自己的心意露餡了嗎？」

「嗯……啊！某次剛開學，我們在學校裡偶遇，她才正緩緩走向我這邊，我的聲音就不受控地……」

「不受控地……？」

「我好想妳喔！」

「喔？學長，好久不見～最近過得還好嗎？」

「總覺得那時候我好像有點太興奮了？雖然我是真心的啦，她先是不知所措，但又馬上當作平凡的招呼語帶過了，我是真的很想她的說。」

一面點頭回應，一面認真聽珍榮說故事的我，在靜默的空氣中凝視他的雙眼幾秒，接著說道：「有一個巧克力跟您很搭，我可以把它送給您嗎？」

「嗯！好啊，當然好！」

「您喜歡喝酒嗎？」

「通常是思緒很亂的時候會喝吧。」

「這是威士忌酒心巧克力。」我拿出了像玩具模型的酒瓶狀威士忌酒心巧克力（Whiskey BonBon），「BonBon」在法文裡是糖果的意思，而「Chocolat

BonBon」，則是統稱添加酒精、堅果類等各式食材的巧克力製品。

憶起當時剛過二十歲，我便是以威士忌巧克力初嘗了酒精的味道。還記得那是從父母友人那邊收到的巧克力禮盒，等午夜十二點一到，我趕緊在「轉大人」的瞬間剝開巧克力享用。我倒著抓住瓶口那側，一口咬開瓶身，吸吮裡頭的酒精果醬。嘗到陌生的酒味，我皺了皺眉頭，再把香甜的巧克力塞進口裡。對我來說，唇齒間留下的就是我人生中第一個「大人的味道」，當時沒有覺得酒特別香甜，但如今，一杯酒配上巧克力已成為我的嗜好。

「據說『Bon』的法文原意有『好』的意思，再疊字，那還需要多說什麼嗎？好上加好，不就是在說——再不吃這個巧克力就太可惜了嗎？巧克力裡面加入威士忌，這組合何等奇妙，而且酒跟巧克力真是天生一對，聽說巧克力有解毒的效果，適合可以搭配微醺的2.5度威士忌享用。只要咬下一口巧克力，就能讓威士忌漫溢嘴裡，不過，要是您將未知的包餡巧克力拒於門外，就永遠都不知道酒心跟巧克力的美味了。所以啊，我希望您，能嘗嘗那香甜的巧克力，也能品品威士忌的濃醇，想想您的戀情，若您那麼膽怯畏縮，要如何知道愛情的內餡呢？」

向著彼此的那份情意要如何相遇呢？我不知道，我只會在一旁靜靜觀看。珍榮離開後，咖啡杯裡溫熱的咖啡漬慢慢凝固時，我在便利貼上留了簡短的字句，並在依序排滿了便利貼的牆壁上找到一角，貼上了新的一張便條紙。

祝福他們終能修成正果，希望他們情意在此地的交錯是命運的牽引，期待我的雞婆奏效，為此，我在這裡應援他們的感情。

我們望向相異的他方，
懷抱相同的情愫——
念想心愛的那個人；
我們望向同樣的彼方，
憂思各異的心緒——
盼望痴想著你／妳。

Sarang de Chocolate

杏仁巧克力

晚秋時分，外頭的空氣冷颼颼而冰涼，我無謂地反覆開關店鋪的大門，讓內外空氣流通。已經好幾次沒發出聲響的門上掛鈴，在風聲的威力之下，才勉強地發出「噹啷」之聲。

「老闆，您該修理一下它了吧，要不然就再買一個新的銅鈴也好。」

初夏之際，已經在門上掛了許久的銅鈴有點故障。跟著我工作許久的宰賢大概是看不過去，特別唸了我幾句。儘管我總是在心中想著該修理，卻遲遲沒有付諸行動，這次，我才下定決心，想著「等這個客人走後，我就會修」的心態，迎接了客人的到來。

「他是個好人。他是個好人沒錯，但好像是我愛他多一點，所以又有點討厭他。」

她叫張智允，目前有交往對象，但心中又暗戀著其他人。她身著黑色荷葉邊絲綢罩衫，像是獨自留在悄悄遠離的春天裡。她在椅背上披了淺沙色的風衣，深呼吸一口氣後，才娓娓道出故事。她先介紹了自己，今年三十一歲，在一家貿易公司工作。她說她受倦怠期所苦，而身邊有一個親近的同事見縫插針般走入她的視線。她自言自己比男友還更喜歡對方，所以精神上很疲憊，曾經密切的聯絡、變成了姍姍來遲的回覆；過去頻繁的相聚，淪為爭執增加的契機……所以她說她有點累了。

「我……我該怎麼辦才好呢？」她說，她意識到自己的感受不太對勁，所以才找上門來。該斬斷新緣？還是應該為了新的機會整理掉現在的關係？不，更該問的是，能否以這種矛盾之情繼續跟現任男友交往？

「從某個瞬間開始，見面變得像是一種義務，那些時間顯得格外沒有意義，於是我心中的疑慮便發芽生枝了，懷疑著自己到底愛不愛眼前的這個男人。」

「那位同事也清楚這件事嗎？」

「我想多多少少有吧。畢竟我常常會分享我的煩惱，但我們還是一如往常地維持著好友關係。

「那個同事說的話總特別能給我安慰，不知道我究竟是喜歡他，還是喜歡他能成為我的依靠，或僅是因為我跟男友的關係疏遠而如此……我覺得腦中一片混亂。」

「您覺得您能確定嗎？跟現任分手後，您會想跟同事在一起？您確定，當現任再次跟您關係活絡，您的心也是向著新的姻緣嗎？」

在我持續而冷靜的提問之下，她一概沉默以對。

「……那位同事的安慰總是能輕易動搖我……不，大概是我太軟弱了，對。所以……我也跟現任男友提過一次分手，但當下他馬上挽回我，問我怎麼這麼反常，是不是最近太勞累才這樣、然後要我再想想。」

她遲疑了一下，又繼續說道：

「是啊，一定是因為太忙了，一定是因為相處久了，三年的時間，是該鬧出一點矛盾了……想著這些，男友的一舉一動怎麼也看不順眼，接著心生厭惡、再陷入無盡的比較。在我提分手之後，還努力挽回我的他，在這兩週來，付出了多少心力，而我卻……這樣下去，是不是乾脆分手比較好？」

就像趁著好感時，會為了交往，去翻找千萬種理由一樣，女子當前的語氣，彷彿是為了分手，而緊抓著各式各樣的藉口。聽著智允的話語，我只是靜靜地照著她的動作，意識著冰塊的阻力，用吸管攪拌著我面前的冰美式咖啡。

「我需要好好調整我的心態。現在的我……就是個壞女人吧？即使沒有實際跟那位同事談戀愛，卻難以否認我對他已經帶有好感，那麼我現在不就是在精神出軌嗎？」

「倘若您現在對那個同事有任何一絲愛意，那確實該整理一下，因為那是您最大限度的禮貌了。就算您跟其他人沒有發生越界之事，心中卻更想念不在身邊的那個他，這對對方而言，何不是一種失禮呢？」

對智允而言，在這之前，未曾有任何人鞭策過自己，於是在這段日子裡，她偶爾還會合理化自己的行為：「是因為倦怠期啦，不是我的錯，現在這個時機的情況特殊而已。」直到這個當下，才透過初次見面的人，聽見這些早該聽到的逆耳忠言，她不禁流下了眼淚。

「對不起……然後，謝謝您。謝謝您點醒我，是我太不爭氣了，也謝謝您讓我更加確信該梳理一下自己的心了。」她擦了擦無盡流淌的眼淚，向我如此致意。

「這是杏仁巧克力（Almond Chocolate），帶有一點橙香的巧克力，裡面包著杏仁。」

與她的黑色罩衫相襯，我從映著微光的雙層石製托盤中，夾起了微帶刺激性香氣的杏仁巧克力，再遞到尚沉浸在情緒中的女子面前。

她眼角仍閃著一點淚光，拿到巧克力後，便用唇齒「嘟」的咬斷它、悠悠地品嘗味道。

「喔！真好吃。」

「杏仁很硬吧？有些部分酸酸甜甜的，又夾雜一點苦澀，還帶一點鹹味……誰能猜想到巧克力裡藏著硬邦邦的杏仁呢，只有嘗過的人才知道呀。」

智允一邊說著「謝謝」，一邊拭去頰上的淚珠，再打開店門離去。她那雙高跟鞋咯噔咯噔的回音，在安靜的街道上蕩漾了許久。她離開後，趁我想起，趕緊買了新的銅鈴、掛回門上。換上新的掛鈴後，它立刻更加清亮地「噹啷」響起。

忘卻不了飲下咖啡的那天初遇，
但我竟已記不起那口中之味。
因一切過於熟諳，不知不覺。
穿過熟悉的縫隙，
我來尋覓新的一杯咖啡了，
不，是該啟程離去了。

Chapter ／ 2

心形的那個巧克力

Sarang de Chocolate

帶來安慰的巧克力

下午兩點，陽光普照，空氣正要稍微沉靜，便有腳步聲靠近，伴隨著輕快的鈴聲劃破了寂靜。那時，宰賢拿著一顆可可果形狀的巧克力，對著那巧克力的包裝紙摸呀摸，再時不時反覆擺弄陳列櫃中的巧克力，一下移位、一下又擺回正確的位置。

「為什麼一直東摸西摸呀，你想吃了是嗎？」

「沒……沒有啦，只是想說這款巧克力也算是我們店的熱銷產品，所以看到就很欣慰，看著看著又不自覺地開始想要怎麼擺放、如何跟客人說明，才能讓它的價值廣為人知。」

宰賢這一番話沒有錯，那可可果的巧克力正是客人們最常指名要找的品項，造型取自稀貴的單一可可豆種，它獨產於厄瓜多、並享國寶級的尊譽，有著最為迷人的甜蜜香氣。而這款品項獲得超高人氣的原因，不只因為巧克力的形狀特別，加上我們會附贈約莫一片吐司大小的德國結麵包，拿到形狀及大小完美復刻可可果的巧克力、再看到德國結的客人們，總是難掩嘴角的笑容，大概是因為這品項既神奇、又讓人不禁悸動起來了吧。

「為什麼它的名字是 Pre:D 呀？」曾有客人拿到巧克力附贈的德國結麵包，詢問了該品項字面上的意思。

「德國結 Pretzel，前面三個字母 Pre，據說是『提前』、『事前』的意思。再加上可可樹果實的汁液是紅色的，所以再從『red』中取『D』字，合起來就是 Pre:D 啦。」

「啊……原來如此。」儘管顧客們大多沒有徹底理解，都還是稍微用眼神示意自己懂了，當下只想著跟朋友找個位置坐下，趕緊享用佳餚。

客人們甫從宰賢的手中接過商品，神情閃過幾絲猶豫、不知道該怎麼吃之際，宰賢便立刻說明道。

「請把這塊可可果形狀的巧克力剝成兩瓣。先拿起一瓣，再稍微咬一下、或拿叉子戳其中一個邊角，就能嘗到裡面包的起司內餡，另一半也是同樣的做法。接著，依照您的個人喜好，把起司餡另外倒出來吃，或把裡外攪一攪搭配麵包品味即可。」

客人們多半會露出「大概懂了」的表情，內心充滿期待地按著宰賢的指示——把巧克力剝成兩瓣、再稍微用叉子戳了邊角，然後將裡頭的奶餡倒在圓形的盤子上，鮮紅色的起司醬便會從可可果巧克力中如暴雨一般傾灑。而拿著另外一瓣的朋友，也在一旁按照同樣的方式倒出裡頭的醬汁，不同的是，她的這一邊是白色的起司醬。兩人面面相覷地猶豫著要不要把口味綜合在一起，最後以眼神達成共識、把兩種起司內餡混合後，沾著德國結麵包享受。甜蜜的巧克力與微鹹的德國結，再遇上滑順的起司醬，甜甜鹹鹹的，那群女生揚起了心滿意足的微笑，一邊談笑風生、一邊將裝有巧克力跟麵包的盤子一掃而空。

之後，再稍微摸摸飽足的肚子，品味著美食帶來的餘韻。本來詢問「Pre:D」之字義的客人，在店內悠然閒晃時，意外地發現一張遺落在地板的紙條。約莫名片大小的紙條，是取餐時，宰賢不小心掉在地上的。客人接著閱讀了紙上的文字，露出一抹微笑，像是說著「我現在終於懂了」。她再稍微瞄了一眼店內巧克力愛情諮商室的告示牌，最後說著「下次見喔～」才離開。

‘Pre:D’

從德國結（Pretzel）一字，取前面三個字母Pre，「提前」、「事前」之義，
再從巧克力的紅色起司內餡中，取「red」中的「D」字，
您向著某人的濃情愛意，正是這般的紅。
無論對方的心是透明的、是白色的，

只要雙方的色彩交融，
那粉色、軟綿綿、讓人心頭發癢的愛情就開始了。
接著，再像德國結一樣糾纏綑綁，打造出愛情的形狀吧。

Sarang de Chocolate

松露巧克力

「我好像愛上他了。」以此話開頭，名為慧潾的女子開始說起了自己單戀他人的故事。

「我已經暗戀他七年了，很可笑吧？」慧潾小姐像是下定決心要分享自己純情的愛情故事了。她打扮得端莊隆重，開襟小背心選了有珍珠鈕釦的粉紅色針織衫，一頭大波浪的中短髮，以黑色的髮圈綁了沉穩的公主頭。燦爛的笑容裡，有著鮮明厚重的個人色彩，所以不自覺地吸引了他人的目光。

「我啊，很容易看膩任何人事物——隨著正在追的韓劇不同，喜歡的藝人會時常改變，每週都要換一次手機的背景畫面，還有還有……每半年就要換一個髮型，啊，只要搭配過的衣服也不會再重複出現。但是，這樣的我，已經持續暗戀一個人七年了。」

「那您沒有跟他表白過嗎？」

「有一句話說，世界上有三件事最難掩藏，一是打噴嚏、二是貧窮、三是愛情。我已經隱隱約約明示暗示了，他卻總是裝作一點都不知道，然後我們就一直維持著這種曖昧不明的關係……難道，他是真的沒有察覺嗎……

「但是不覺得很好笑嗎？聽說愛情的有效期限通常是三年，這是賀爾蒙決定的。也就是說，連科學上都認可伴侶間的愛情只有三年的效期，而我那區區單戀，竟然就這樣持續了七年。」

女子無奈地笑了笑，像是覺得一切都很令人無言，也沒想到這份情感可以長存七年。

「慧潾小姐，您是怎麼喜歡上那個人的呢？」

「您也知道，有的人，明明年紀輕輕卻喜歡聽老歌、或是有著與眾不同的興趣，像是逢週末就跑去陶瓷工坊捏陶之類的，然後又跟不上流行的梗，只能在大家旁邊裝懂陪笑，他就是這種人。等到話題結束後，才到我旁邊問：

『剛剛那是什麼意思啊？』他那種只專注於自己、不顧時下流行的模樣，看起來好帥。但也不能說這種人就都是我的菜啦，肯定是因為是他，我才能這麼喜歡的吧。」

「他是您的同事嗎？」

「是的，我們同歲，但他是早我一年的前輩。事實上，我們最開始是在教會認識的。因為我比較晚才踏入職場，因此，我經常找他問東問西，所以才常常見面，再刻意為了表達謝意請他吃飯之類的。啊，而且啊，他在教會還會彈吉他呢，很帥吧！在教會，我們就像朋友一樣相處，到公司後，他又會用敬語稱呼我，我每天都因此覺得好心動、好喜歡。」

「那七年來，他都沒有交女朋友嗎？」

「好像都是短暫交往、不久後就無疾而終了。我呢，為了忘記他，會去找其他對象，但也會因為屢屢念起他而讓關係走向離別。」

「您會覺得傷心嗎？」

「會啊，有時候甚至會覺得很生氣。您知道最讓我不甘心的，又最令我羨慕的人是誰嗎？」

我順勢問了是誰，她便如此答道：「那些曾跟他交往後分手的人。她們怎麼有辦法這麼輕易地跟他開展一段關係、又如此輕鬆地分別，我既生氣，偶爾又羨慕。我僅是對他有感情，就能如此心痛、難受又困頓，果然只有我的愛情這麼不順啊。如果隨隨隨便就分手，那何必開始呢，也太浪費了吧。怎麼總跟那些，在我的標準裡不適合他、配不上他的人在一起呢？這並不是因為我見不得她們跟我配不上的那個他交往，更準確地來說，是覺得他們彼此交流過的感情很浪費。但追根究柢，這些只突顯了一個得不到愛情的人心胸多麼狹窄罷了。

「而且，我覺得很委屈，有時還會很煩躁。我仍然習慣時不時拿起那永遠不會響起鈴聲的手機，就算根本沒什麼需要聯絡的事情，還是會常常確認訊息跟通話紀錄。明明我也不喜歡這樣的，也知道這都是白忙一場。」

她吐露的故事中，傳達了她深深的情意，還隱含著煩悶跟傷心，且終究不甘於愛情無法實現。

「有時候，我也會真心地祝福他能遇到好的對象，但腦中同時又閃過數十次『希望那個她可以是我』的想法。就這樣，我的情意跟決心就隨著他的舉止跟表情擺盪起伏，我不知道已經夢見他幾十次了，這大概又是因為我已經念著他上百次了吧。」

「你們認識這麼久、又這麼常見面，應該非常親吧？您覺得呢？」

「嗯……說熟的話很熟，說不熟的話也滿不熟的吧，因為我不想跟他走得越來越近，卻只能以教會朋友、公司同事的身分約出去吃喝玩樂，這樣太傷自尊心了。如果變得太親近、太熟悉，好像總有一天會因為我的喜歡而疏遠。所以，雖然我常常在他身邊徘徊，不過其實我們一旦變得親密，我便會疏遠他，而疏遠久了，又想要跟他維持熱絡的關係。」

「那你們常聯絡嗎？」

「常常東聊西聊的吧，畢竟我們有很多共同的話題。但是每次苦等他的訊息，總是要開啟正向思考模式。啊一定是他太忙了，不然就是有一些排不開時間的私事，所以才沒回我。早上？應該是還沒起床所以沒回。晚上？應該是睡了所以沒回，下午的話是太忙了所以沒回……都是一些徒勞之念吧，畢竟我是他聊天室裡唯一一個永遠不消的紅點。」

來到這裡的客人們，大部分是想從談話間獲得告白的勇氣，或是想要把單戀的故事抖出來、徹底放下意中人。那些純情的故事，最後會被我一個個貼在店內的牆上，而那些單戀的故事，則是由來者再將其攜回。

「據說單戀的英文是『Unrequited love』，也就是『沒有回報的愛情』。好笑吧？直接說單戀會沒有回報，這對有單戀對象的人們來說，豈不是最不留情的劇透嗎？單字本身竟然就預告著這段感情注定令人心碎、暗示著未來定將痛苦。這就是早早叫大家不要對單戀的結局抱有期待，所以當看到單戀不算是『愛情』的一種，肯定很不甘心吧。

「說得也是。單戀明明也是『戀』，為什麼卻要遭受這番待遇呢？為何只有我不會談戀愛呢？愛情世界哪有區分會與不會的，那、那就是我太沒出息，才得不到愛情吧。」

客人自愧沒能好好開展一段戀情，而深深地長嘆了一口氣。

「不止如此，我反而不喜歡人人都愛的春天，感覺到了春天，就要勉強讓自己看起來很幸福，好像只要流連在外，心情就該隨著天氣翩翩起舞，而且，好像身邊一定要有伴才能享受春天一樣。所以，櫻花凋謝時我倒是通體舒暢，這個春天又是櫻花輸了，我就贏了，之類的。我真是自私又沒用吧？為什麼那個他，能讓我的情意這麼相形見絀呢？」

慧潾早因單戀而疲憊不堪，為了安慰她，我向她推薦了一款巧克力。

「小姐，您覺得這款如何呢？這是松露巧克力。」

「松露巧克力？」

「應該多少有聽過『松露』吧？人稱三大珍稀食材之一。哈哈，不過這裡面並沒有真的松露，而是參照松露的形狀製成的巧克力。可以這麼說——無論置於何處、用什麼原料製作，您的愛意都是愛心的形狀，並一直都保有著相同的本質，且您的心意本身就足夠美麗又珍貴。這世上，還有什麼事情能比愛上一個人更美妙呢？人在世間，總該體驗一次愛人，才值得吧？

「只要您想要，可以在巧克力裡頭放入各式各樣的珍味，比方巧克力奶餡跟各種水果之類的。」

所以，我對客人說，在她的戀情裡，她也可以放入任何自己喜歡的東西。無論是何物，只要映出愛情的形狀，都會是最美麗的，就像在松露形狀的巧克力中，根據喜好填滿內餡，便會打造出珍貴的松露巧克力一般。

我想起了第一次製作松露巧克力時，我學到一個詞彙「Praline」，指的是在入口大小的比利時巧克力中塞入內餡，是一種巧克力的統稱。實際上，在巧克力中放入各種不同的奶霜和食材的過程也很神奇、操作上也不怎麼容易。

也或許是因為初次嘗試都比較生疏吧。首先，要將融化的巧克力倒入模具中，並在模具中的巧克力冷卻之前，快速將半液態的巧克力倒回裝巧克力的鍋具中。接著，等待模具中剩餘的巧克力凝固後，再加入巧克力奶餡，最後再倒入巧克力，以包覆住模具中的食材。這種技法，起源於比利時一家巧克力店，爾後比利時也因精緻高級的巧克力聞名。

因為聽到可以放入任何食材，所以一開始，我也確實嘗試把我喜歡的食物都加到裡面，包括葡萄乾、抹茶奶霜。畢竟都是實驗性的作品，味道沒有保證好吃，但不排除因為是我自己做的，所以我都覺得挺好吃的。無論如何，松露巧克力永遠不失它獨特而迷人的魅力。

老實說，哪有什麼正確答案。我既不是戀愛專家，也不是教練，我指指點點老半天，最後他們還是會跟著自己的感覺走。我能做的，不過就是「傾聽」二字、還有給他們勇氣去愛罷了。我就像是有暗戀對象一樣，拿著我最喜歡的巧克力、以我的方式表達我的愛意，給予他們一絲慰藉。

偏偏是你。
偏偏愛你的人是我。
在流淌的時間裡，
偏偏只有我聚神於你，靜止不動。

Sarang de Chocolate

Pre:D
巧克力

遠處兩道身影，嘴角掛著燦爛的笑容，就像商店總以敞開的大門歡迎客人一般，看起來有些面熟的兩人，配合門開啟的速度，顯眼地走入店內。原來是曾經到訪店裡的書賢小姐跟珍榮先生啊，見他倆手拉手走進來的模樣，我也致上了大大的微笑作為回禮。他們一進門便秀出十指緊扣的雙手，興奮地說：「我們在交往！」他們還補充，牽紅線的一等功臣，是我們巧克力店的紙袋。

「當時，我不是聽了老闆您的推薦，買了一盒巧克力走嗎？就是那天在路上偶遇了這位先生。」

「咦？妳也喜歡這家巧克力店嗎？我也滿常去的耶。」

「或許因為那天剛跟您聊完，所以不知哪來的勇氣，把忍了許久的話全都傾吐出來了。」

「哦？那你知道這家店有開放單戀諮詢嗎？」

「嗯，我當然知道呀。」

「我才剛從店裡戀愛諮詢完，現在是回程路上。我在那邊說，我喜歡一個人喜歡一年半了，正在煩惱該怎麼辦啊……諸如此類，然後那位老闆對我說，我可以多多明示自己的心意、因爲那個人說不定也對我有意思。所以，我要鼓起勇氣了，我喜歡你，學長。」

「當下收到告白，我也吐露了實情——我也在這家店說過我暗戀著她，並在觀望要何時開口告白……結果就這樣被先馳得點了，真是不好意思，也覺得有點抱歉，又覺得，真好，所以，從那之後我們就開始交往啦～」

我在兩人面前，莫名成了愛神邱比特，實在是有些尷尬，他們不斷道謝都是託我的福，還向我分享了各種瑣碎的心得，包含訝異於我能一下子察覺到兩人是彼此故事中的主角，以及屢次感嘆命中注定，讓兩人能在同一家店分享各自的故事，然後因此遇見對方。最後，他們外帶了Pre:D巧克力，離開前，還留下一句話：

「接下來每逢交往的紀念日，我們都會上門來的。」

把成了眷屬的兩人擺一旁，宰賢趁勢向我問道：「老闆，您怎麼有辦法，讓初次見面的客人們開口聊這麼敏感的話題呢？」趁著湊合一對情侶，我和宰賢同樣略感滿足時，他像是伺機已久地問道，心中好奇的問題也想得到解答。

「人們本來在初次見面、且以後再也不會相聚的人們面前，才能最坦蕩率直，以『反正也只有今天會見面』的心態，不害羞也不怕丟臉地把真實的心聲表達出來。是他們勇氣可嘉，我只負責傾聽、再引導他們至正確的方向，並且以堅實的巧克力比擬他們堅韌的決心，給予他們安慰、再讓他們決意表白。」

我的一席話，似乎消除了宰賢的一些疑問，他的姿態變得輕鬆舒坦，同時對我豎起了兩隻大拇指。

「果然跟我的感覺一樣，老闆您真是太帥了。」

「欸，我也沒做什麼啦。換個角度來看，是那些找上門來求助、再鼓起勇氣作出決定的客人更令人欽佩吧，我能做的只是默默聽故事，然後稍～微順水推舟罷了。」

也許是宰賢的稱讚令人有點不好意思，我乾咳了一兩聲後，接著便轉移焦點：「我這麼做，大概只是希望我喜歡的巧克力，可以被人們賦予更珍貴的意義，而我的這個店鋪，也可以長存他們心中，包括這些略顯粗糙的裝潢也是。儘管這裡跟我珍惜的巧克力、還有客人們的單戀故事，乍看之下不怎麼搭，但搭配有格調的『Sarang de Chocolate』招牌，一切都顯得和諧許多。」

當初要揭牌經營這家店的時候也是如此。在我自認已經掌握手工巧克力的技術後，我期許能透過我喜歡的巧克力觸及更多人、並用真心同理跟我處於類似處境的人們，所幸也因此可以接觸這些各懷有單戀故事的客人。

所以，那時也花了不少心思決定店面的地點，要在哪選址，才能更讓人們敞開心扉？應該為了業績，選擇流動人口高的地方嗎？還是應該選交通便捷的車站一帶，使人們比較有機會嘗到我製作的手工巧克力？就這樣四處走訪了幾個不錯的地點後，我心中滿是憂慮，順著路漫漫走著，接著便發現了這片天地。

狹窄的小巷，有人們生活的氣息，還有此家彼家店面散發的味道，混雜的空氣在街道徘徊、難以散去——所以，我滿意極了，因為我希望，巧克力的香氣能夠彌漫到巷口，經過的路人不必親口品嘗，便能一併感受到香甜的幸福感。而要是那飄散的巧克力香，能將他們的腳步招來店裡，也期望這能帶給他們意料之外的喜悅。並且，我也希望客人們大可以放心地說說平時藏得嚴實的愛情故事，因為在這個狹窄彎曲的巷弄裡，不必擔心走漏風聲。勇於表達的那份心意，會在蜿蜒曲折的小巷中迷失方向，最後又回到故事的起點——也就是這家巧克力店，靜靜地停留。

「從某個角度上來說，愛情不也是這樣嗎？兩方看起來不搭嘎、也不合拍，但能在愛的情愫之下合而為一，是吧？」

聽完我的長篇大論，宰賢補上了這句：「是啊，恰似大相逕庭的事物，其實也相去不遠，或該說彼此相互磨合，才變得相似的嗎？我覺得在這個風格多樣的店裡，聽客人諮詢、並製作巧克力的老闆您實在好讚。換作是我，我可能也會覺得能夠對您毫無保留。您的眼神輕輕安撫著每一條靈魂，像是說著『儘管開口吧，沒關係的』。」

在我眼裡還只是個孩子的宰賢，竟用這麼真摯的神情說話，讓我既感激、又不太好意思。

「啊……其實剛剛在上架商品的時候，我不小心弄掉了一片巧克力磚。既然我這麼有勇氣地說出來了，應該能被原諒的吧～？」

難怪宰賢剛剛不知道在嚴肅什麼，全都是為了這句話而鋪陳的前言啊。

他喊聲「愛妳喔」，並用雙手擺出大大的愛心，接著，去招呼正好進門的客人了。真是不讓人意外的調皮小鬼，我在他的身後，淡然地一笑置之，此後宰賢又走到我身邊，以客人不會聽到的音量低聲細語：「不過，我稱讚您的眼神很厲害，是真心的啦，您知道的吧？」

Sarang de Chocolate

黑巧克力

「她是我的學姐，留著一頭短髮，我到現在都還忘不了她。我便是在那時，頭一次知道自己喜歡短頭髮的女生，這很大一部分是因為她很漂亮吧，那個剪短髮的她。」

客人名叫東赫，意中人是大他一歲、且比他早踏入社會的學姐，他已經暗戀她兩年了。

在他復學後的某次聚會裡，他第一次遇見那個她。她是轉系生，當時他剛剛復學，她距離畢業則只剩最後一個學期了。

「後來，時隔已久再見到那個學姐，她剪掉了原本的一頭長髮。那時候，她已經找到工作，剛好是就職報到前的最後休息期，而我就是在第一次看到短髮的她之後，才意識到：

『啊，我喜歡這個人啊。』

「從那之後，我們就滿常見面的，無論是我還在當學生的時期、或是我在她們公司附近上班的時候，凡是午餐時段有空，我時不時就會叫她請客、要不然就是換我請吃飯，於是我們兩個就越走越近。」

「但是，您知道的。」他一臉心灰意冷，表情中隱含著錯綜複雜的情緒。

「某一天，我注意到她的無名指上戴了一枚戒指，上次才聊到相親的事，看來是挺順利的吧。只有我、只有我的感情生活這麼失敗。」

他接著說道：

「我便問她『那戒指是怎麼一回事？』即使我心知肚明，還是想著『應該不會吧，不可能吧』。」

「我跟上次的相親對象交往了，才開始沒幾天而已。這戒指有點令人害羞呢，哈哈。」

「學姐邊講邊面露尷尬，又因為想起那個人害羞地笑了。而我卻又覺得那樣的她好美，有夠煩的。」

「您本來就知道她有在相親嗎？」

「是呀。因為我常常開玩笑地說『都找到工作了，現在該交個男朋友了吧』，所以我以為這次也只是鬧著玩而已，沒想到是來真的。」

聽著這麼令人心酸的故事，我以沉默表達了我的安慰。

「果不其然啊。」

聽聞這種開頭，我以疑惑的眼神問了後續。

「我喜歡的，別人也都喜歡。上次暗戀別人是如此，而這次又是如此。」

「之前也有類似的故事嗎？」

「我應該喜歡那個人一年多吧……她也交了男朋友。我第一眼便被她迷住了耶，竟然有男朋友……我嘗試忘得一乾二淨，陸續又有了新的對象，但最後都無疾而終。」

「……」

「很奇妙的是，就連我欣賞的無名演員，也會在某個瞬間獲得高人氣，很好笑吧?每次都這樣喔，是老天嫉妒，所以把我喜歡的女生都打造成萬人迷嗎?人總是會有那種感覺嘛——希望只有我知道那個演員、只有我默默珍惜喜歡她。但為什麼我心儀的人，也會走進別人的雷達網之中呢?再加上這個學姐的案例，又更加深了這種想法——我喜歡的人事物，終究不能屬於我。」

東赫先生繼續講道：

「可笑的是，我要被我的經歷定型了，我就是一個不值得擁有愛情的人吧。

「我好羨慕那些可以盡情喜歡他人的人們，因為對我而言好難，雖然我不是刻意為之，卻無法正正當當地接受自己的情感……」

他說，他以為自己只要負責喜歡，整個宇宙就會過來撮合他了，「唉別再哭哭啼啼了，讓事情如你所願總行了吧」之類的。乾脆直接討厭人類，會不會好一點，畢竟對他來說，心儀的對象不喜歡自己，是世上最令人傷心的事情了。

「看來先生您厲害的地方就是，只會喜歡上好的人事物，因為所有人都會望向好的事物呀。應該說您看人的眼光很好才對吧？」

「這也稱得上一種能力嗎？」他一臉無奈，邊嘆氣邊笑著說道。

「甚至連我只是稍微有好感的女生，也會在某天突然就交了男朋友喔。要不然，怎麼會連我的男性友人們都開玩笑地說，要我趕快喜歡一下他們，好讓他們能早日脫單、找到女朋友，我……這……也太令人難過了吧。」

平時累積的委屈如潮水般湧上，似乎又想起了什麼插曲，他說：「……我再跟您分享個好笑的故事如何？」而我也用眼神表達了我的好奇心。

「有一天啊，我去圖書館，打算借兩本不同種類的書，一開始透過系統檢索時，都跳出『可借閱』三個字喔，我只要接著找到架上的書就可以了。但是，那些書都不在正確的擺放位置。認真的，我怎麼找都找不到。後來我就猜想是不是館內有人在讀，於是還留心地觀察了大家手裡的書……但是，結果你知道那些書在哪裡嗎？……在圖書館入口處，開架展示人氣圖書的地方，我看到之後，真的是無言地笑了。連書都不在它應該在的地方，而被劃分為推薦圖書、刻意放在更顯眼的區域。它彷彿在跟我說，本應在我追尋之地的人們，在更早之前，就已經被別人相中了，那就像是我本人的處境吧，注定白費力氣一場空。」

「唉……」他用長長的沉默結束了剛剛這段比喻。我小心翼翼地接續問道：

「不過話說回來……那位女生，應該算是滿認真在交往的吧，畢竟已經過了將近一年了……？」

「我不清楚，但應該是吧。據說男方比她大上五歲，是個成熟的人，有穩定的工作，我差得遠了……

「而且他們剛交往沒多久的時候，她對誰都沒有公開這段戀情，她說還要再等一陣子，但是每次見到時都這麼說道：

『我只跟你講而已，你先不要告訴別人喔！』

「為什麼呢？為什麼成天跑來跟我分享呢？啊明明我也不是她心中最重要的第一順位。是我太好欺負嗎？還是我們的關係很舒適嗎？東想西想的。

「但您知道，更讓人心碎的是什麼嗎？是那個男生比我優秀多了，他擁有我還沒得到的條件。接著我就開始清點，那個男生哪裡厲害？再細數自己有什麼部分比不上他？這些雜緒在腦中徘徊無數次，但我明明根本不是他的對手。」

他說，為了接近喜歡的對象，他在很多不喜歡的事情上做出了各種努力，只為了讓自己的心意不露餡。分明不怎麼喝酒，卻為了看看喜歡的人會不會出現，於是每次都出席酒局；因為擔心會造成對方的壓力，他甚至在別人的紀念日時幫忙盛大地慶祝，只為了送她生日禮物的時候不要顯得尷尬。東赫先生說，他這是不得已的方法，也是他自己的選擇。

「儘管，我知道是我自己沒有早一步告白，所以老是既後悔又傷心，但比起怪罪那個沒能勇敢表達的自己，我經常忍不住把一切歸咎於他們。我想著，希望看到他們關係破裂，然後再給我一次機會就好了，或期待那個男生哪天就不喜歡她、甚至是出軌就好了，這樣她就會回頭依靠我了吧。

「要是這樣有多好、如果那樣就好了，這種想法反反覆覆地出現，我自己都快要受不了了。有時候，我也會懇切地祈禱——希望我能理直氣壯地告白就好了。

「我總希望他們可以趕快結束那段感情，是我太窩囊懦弱嗎？是我太貪心了嗎？就算他們分手，大概也輪不到我吧……都是我不夠好。」

「感覺要分了，我們太～常吵架了。」

對方總是會向東赫先生諮詢戀愛大小事，而他也別無他法，只能豎耳傾聽。

「有時候她會說他們快分手了，然而隔天又在公開的社群平台上傳他們出去玩的合照。那當初就別說這種話嘛，平白無故讓人期待……

「那些各式各樣的情歌呀，聽久了就會發現都大同小異——在遠處深情地望著名花有主的人，憶起那些曾經愛過他的日子，再包裝一番，說會默默祈禱他遇到更好的人、祝他幸福快樂之類的。但放在現實生活中，這些都太老套了，為何偏偏有人要喜歡我喜歡的人咧？為什麼我喜歡的她不選我、而是愛上了其他人呢？

「縱使跟那個人一起吃喝玩樂，我的身分都只能是一個男生朋友、一個值得信賴的男性友人，永遠止於普通朋友、好學弟的角色。」

「我覺得你眞的是一個好人。」

「有天，她這麼跟我說呢。這下真的就只能當朋友了，不會友達以上、也沒有戀人未滿。

「我多麼希望自己有勇氣表白，勇敢抱得美人歸。我卻做不到。我不想在遠處憧憬、祝福她，而是希望能守護在她的身旁。

「大家好像本來就覺得單戀別人是沒膽量的行為，這是為什麼呢？為什麼兩人相戀是美滿，而單戀就比較可恥？當事人都已經夠煩惱了，還這麼悲慘？自作多情地一下子迷上對方，接著自編自演小劇場，因為她的一舉一動而心動，再自己了結一切——我也不懂自己在搞什麼。」

突然意識到自己的故事又臭又長，東赫先生有些難為情地低下頭說道：

「我很可悲吧，暗戀人家暗戀成這樣。」

「才不呢，暗戀他人的當事者都是乙方，無可避免地使出渾身解數，吸引對方的目光，心中吶喊『再多愛我一點吧』、『再多關照我一些吧』。

「即使面對對方『船過水無痕』的態度，仍想守住自己的心意，同時努力不越界犯規，您知道，這多麼值得嘉許、難能可貴？都不用別人教，就知道怎麼愛一個人，再怎麼樣，這都比懷著討厭他人的憎惡之心好多了。

「所以說呀，東赫先生，您要知道自己有多麼帥氣。不管對方喜不喜歡自己，仍選擇好好愛人。您該為自己感到驕傲，哈哈。」

為了安慰垂頭喪氣的客人，我奮力掩飾尷尬、開調皮的玩笑話，而他也露出了淡淡的微笑，接著像是在整理思緒一般，視線緩緩掃過壁櫥中包裝精美的巧克力禮盒，才接著開口。

「想被察覺……又不想被發現，那種心情……大概是對方對我也有意思的時候，才希望自己的心意被發現，反之，就不希望對方意識到我的別有用心吧……？」

即使能輕易猜想到他想聽哪種話，我卻沒有脫口而出，事實上我也很難回答些什麼，於是我只是繼續凝視著他。

「現在，真的該放棄了嗎？我好害怕愛情。明明是我先喜歡人家的……如果愛情的世界裡也有分先來後到，或是成果都歸到最努力的那個人身上，我就能當第一名了吧。但顯然不是如此，先後次序、努力程度，好像都毫無意義，只有成為她眼裡的唯一，才是那個第一名。」

他一臉生無可戀，似乎是在想著「是時候放下了」。他隨著腦中混沌的思緒長嘆了一口氣，一邊用掌心遮住自己的臉龐。

「東赫先生，您也想被人喜歡嗎？」我問道，就算答案已然呼之欲出。

「是呀，如果是那個她就再好不過了。」

我的嘴角浮現淡淡笑容，遞給他分裝成小塊後仍香氣濃郁的黑巧克力，外頭以高級的黑色鋁箔紙包裝，並用紫色蝴蝶結點綴。通常包裝巧克力的時候，會選用導熱係數高的鋁箔紙，這樣散熱效果較好、巧克力才不容易融化。我突然覺得，東赫先生的單戀，也該覆蓋上散熱的鋁箔紙了。

「這是黑巧克力，完全沒有任何其他添加物、純度百分百的黑巧克力，嘗起來很苦吧？」

他一邊用眼神表達感謝，一邊打開巧克力的包裝紙。將巧克力一口放入嘴裡，他立刻微微皺起了眉頭。

「嗯，真的有點苦，但還算是滿好吃的。有種在吃『正港的』巧克力的感覺？」

「沒錯，就像它一樣，愛情也是苦澀的，卻隱含著自己的底蘊跟深度。再苦的巧克力都會激起腦內啡，讓人覺得愉快又幸福。所以，我想說的是……」

我稍稍停頓了幾刻，才接續剛才的話題。

「無論何其苦澀，您的感情仍是純度百分之百的愛意，因為那個人，多了幾絲笑容、多了片刻的幸福，光是如此，便已是足夠完整的愛情了。」

我無從知道他是否會繼續無盡地等待，還是終有一天選擇結束這場暗戀，唯獨可以肯定，從他吞下那塊黑巧克力，而意識到甜甜蜜蜜的巧克力本質上不離苦澀，他會為這段單戀作出新的決斷。雖然他會如何消化自己的感情，仍是個未知數，我依舊盼他可以體會，過去苦口的單戀裡，也隱含著幸福。

就像老是只有一邊鞋帶會解開，
也總是只有單邊耳機會鬆脫，
只有我喜歡著你，
也只有你不喜歡我。

Sarang de Chocolate

白巧克力

還沒享盡秋天的清朗，就迎來寒風刺骨地吹拂，一邊在心中怨著，也一邊逐漸習慣變得厚重的外衣。正是在這時候——

「分手的人也可以來這邊諮商嗎？」

這裡通常只有初戀和暗戀的故事，如今有一個男人帶著新的主題造訪。

我一眼就能認出他來，他正是促使我經營單戀諮商室的關鍵人物。他由上而下、由左至右地環視了牆面上滿滿的巧克力，光是從那側面的身影，就足以讓人感受到他穩重的個性。他周邊還彌漫著隱約的香氣，像是在留下足跡、證明自己到此一遊一般。看著他一對深邃的眼眸，我腦中不禁浮現回憶——那些「看到我卻沒有看著我」的悲戚往昔。他正是我的初戀對象。

想當初，我時不時就盯著這個臉龐，他依然保留著所有我喜歡的模樣——親切燦笑時加深的臥蠶、讓外貌更加分的酒窩，還有鼻梁旁邊的小痣，都跟記憶中的樣子一樣。想起那時，他說巧克力很容易吸收周圍的味道，而現在，有如巧克力認得他的氣味一般，我在那短短的聚合裡，一邊品嘗他散發出來的氛圍、一邊快速吸取了記憶中的痕跡。

這樣的他竟然來跟我分享自己分手的故事。不知他是認不出我，還是沒想起來，抑或是我變太多以至於他認不得總之，我還認得他，但他現在不知道我是誰。

我以「分手也是愛情的一種結局，有何不可」一言，當作適當的開場，將他引導到座位上——即使事實是，我只是為了跟他多聊一會兒。

帶他到諮商室後，時隔多年跟初戀對象重逢、對視，心中的依戀與思念並存。若以譬喻來描述我當下的心情，就像是從抽屜的深處發現了一隻陳年老舊的娃娃，用舊報紙捆得嚴嚴實實的那種，但拿出來一看，發現它的說話功能還能使用，是一隻現在還能高唱「I Love U」的熊熊玩偶。

我從國二到高三都暗戀著他，跟普遍學生時代青澀的初戀記憶比起來，我跟他保持了很大的距離，而且默默喜歡了很久。高中入學分發的那天，聽到能繼續跟他讀同一所高中，我不知道有多高興。他是那種長得一表人才、品行優良、功課又好，還當上學生會長的理想學長。

距今已經過了十多年，第一次這麼近距離地看著自己的初戀。

「請問您的大名是……？」眼前的他，比當年又更成熟穩重，我壓下心中的緊張之情問道。

「我叫做宣敏雄。」

以詢問名字為始，他接著娓娓道來離別的故事。

「該說是戀愛後遲來的暗戀嗎？我開始後悔當初做得不夠多，可能我的心中依舊喜歡著她吧。」

他跟我相差一歲，今年三十三歲的他，跟交往三年的女友分手了，看似是還沒走出失戀的陰霾。我略帶悲傷的眼神傳達著「我能聽聽你的愛情故事嗎？」的同理之情，接著開口問道。

「兩位是怎麼走到分手這一步的呢？」我以這個問題開啟了本次諮商。這裡是透過巧克力，來同理那些為情所苦之人的單戀諮商室——而當前的面談對象，就是打造現在這個我的重要功臣。

「她只說累了、倦了，反正就是日漸疏遠了吧。彼此都很忙，就算見到面也是重複相同的日常，聊的話題都相去不遠，每晚的通話不知不覺成了一種義務。然後，我們變成了連電話都不打的關係。

「事情很多、再以工作繁忙為擋箭牌疏於聯繫、不懂得同理她的感受，算起來這些都算是分手原因的一部分吧。或者應該說，追根究柢都是我的錯嗎……」

帶有「過去沒能好好照顧她」的那份愧疚感，他的眼神同時細細回味了愛情走向結束的歷程，心中或許還想著——「既然分手的原因是自己，那有沒有重新開始的方法呢？」這種沒有太大意義的自我探問。

「您感到後悔嗎？當初沒能好好待她？」

「是呀，以前哪怕是多麼稀鬆平常的事，只要兩人一起經歷就很開心，但後來就不是那種狀態了。早知道就該更珍惜她、更努力一點的……」

聽著我曾經喜歡過的人，分享自己成為某人前男友的過程，是件難熬的事。何況他還是用這種留戀著前女友的口吻。

「錯就錯在一切都變得太熟悉了。」

在沒有既定終點的愛情世界裡，他們曾經無止境地愛過彼此。

「我們還以為，我們跟其他情侶不一樣，因為我們約定好了。」

「我們，就算習慣了交往過程中的付出與獲得，也不要將彼此的存在視作理所當然。」

「我們就跟普通的情侶沒什麼兩樣，情感消磨殆盡後分手了。曾經跟別人一樣，因瑣碎的事情心動、享受著平凡的約會帶來的歡笑跟幸福；也從某個瞬間起，跟其他人一樣，任由時間流逝、感情消逝，再漸行漸遠。」

「如果你們復合，您有信心自己能夠無悔地珍惜她嗎？」

彷彿是巧克力磚那又短又鈍的邊角，我佯裝愚鈍，低聲地嘟囔問道。

「大概會跟普通的戀人一樣，為了瑣碎的事情吵架、因為細小的衝突感到疲憊不堪吧。我其實知道，我們真的徹底結束了，連朋友都做不成，因為我看見她的眼神了。她眼裡盼著關係結束。」

他說，提分手的那天，她一如往常地身穿夏日風情的粉色連衣裙、肩上背著他買給她的包包，漂漂亮亮地來到咖啡廳，手心裡握著他們訂做的情侶戒。

「今天怎麼沒戴戒指～？妳是不是又在準備出門的時候忘在家裡了呀？但看妳打扮地這麼漂亮，今天就放過妳吧～」

「……戒指……我帶來了。」

「怪不得氣氛非常凝重，我當然感受到了，而且那天也不是第一次這樣了。」

「該來的還是來了啊。」

「這之前有發生過一次，那時我挽留了她。但到了第二次提分手，就沒能挽回她了。而和我分手沒多久之後，她又交了下一任男友。新對象是她同事，以前約會時經常聽聞的名字。在跟我交往的時候，她是不是會拿那個男人跟我比較呢？因為他跟昔日的我一樣懂得善待她？又或者，是在他撫慰她的離別之傷之後，她才對他產生新的情愫嗎？」

聽心儀對象的愛情故事並不是太有趣，就算我急欲逃離現場，也無法脫身。我以為聽離別的故事，那種心情會減輕一些，但他偏偏是在描述分手後自己繼續單戀別人的故事。總之，再怎麼說這都是「他」的故事，所以即使有些難過，我仍比任何時候都還全神貫注地傾聽。

「您……還忘不了她嗎？」我問道。雖然是問句，但我暗自任性地希望他不是。

「還是很懷念。從曾經相愛的關係，現在變成我獨自愛著對方，過程有點痛苦。究竟這是愛情？還是迷戀？悔意？……大概都混雜於其中吧。」

他心如槁木死灰一般，不顧展現自己因悔意而憔悴淒慘的模樣，接著問道——

「愛情是開頭重要，還是結尾比較重要呢？」

「我認為中間最重要。兩人相愛的過程。無論是如何開始、如何結束的，關鍵在於彼此是如何『相愛』的吧。

「你們不也是這樣嗎？只瞻前不顧後就開始交往？至少我是這麼想的，人們相愛時總是毫無顧忌又盲目，而愛情世界裡開頭和結尾從不是重點。」

好好地開始，再畫下美好的句點當然是最理想的，但不可能要求每段感情都這麼完美。我說著「甚至是多虧了那種結局的存在，才能展開下一段關係呀」，一邊安慰他，一邊往他的空杯子裡倒滿水。

那杯子上印有可愛的卡通圖案，而他就跟那個透明的玻璃杯一樣清澈，在第一天認識的人面前講述自己愛過某人的愛情故事，並毫無保留地流露真情。

我們兩人的不同想法在空氣中流淌混合，接著我打破沉默問道：

「最終的愛情、最後的愛情、初戀、單戀……應該很難讓這些關鍵字同時指向同一個人吧？」

「那就是命運了吧，這即是奇蹟般的……愛情呀。」

我通常是回答客人提問的那方，不過這次輪我向顧客提出了關於愛情的問題。然後得到的回應，又是愛情。

他的眼神裡夾雜著各種情感，使我情不自禁地持續凝望著他。面對他，我還理不清自己是帶有好感、還是單純的關心，不知不覺達成了諮商作業參考守則裡的基本要求——對視、保持開放的心胸、姿態向著對方傾斜等，好吧，似乎是因為我依然喜歡著他。

「如今，我的感情對某個人而言，僅是過往雲煙吧？對我而言也該是逝去的回憶，我要是不選擇放下，那記憶更將不可能圓滿。」

看他似乎是下定了決心，我便提高了自己的聲調，彷彿是個即將講述美妙愉快的童話故事的老師一般：「想知道要如何美美地忘掉逝去的愛情嗎～？」

我從座位起身，他的視線也跟隨著我移動、神情表露出好奇。同時，原本遞給他的那個水杯，因桌面上殘存的水滴，而逐漸滑向我這邊。

「我該怎麼辦呢？」

「如果您心中還愛著那個她的話，那您可以選擇默默思念她，不過，若您懷念的其實是當時雙向奔赴的愛情，那麼，再找下一個對象就行了。」

剛見到他時，我顯得有些笨拙混亂、一時不知道要以哪種態度面對他，而現在的我也是同樣遲疑，看著那個神似巧克力磚的單側壁櫃深思熟慮了許久，再從櫃裡形形色色的巧克力中挑出了一款——白巧克力。為了搭配內容物，它的外層還選用了純白的包裝紙。我小心翼翼地拆開精緻的包裝，將白巧克力遞到他的手中。他可能沒有料想到這個環節，急急忙忙地伸出手接過那塊巧克力。

「白色的巧克力。通常我們講到巧克力，多會直接聯想到深褐色，但這款是象牙白色，因為成分裡沒有固態的可可，所以有些國家不稱之為巧克力，而叫它『砂糖餅乾』喔。」

「不過白巧克力的味道就跟巧克力一樣甜甜的，且保有它獨特的香氣……嗯有人會叫它巧克力，也有人說它不算巧克力……

「與對方共度時光的回憶、甜蜜而令人悸動的過往，沒錯，那是愛情。然而，如果她說感情裡已經沒有心動跟幸福了……雖然很遺憾，但是不是該放手了呢？」我明知道不該如此，仍是擺出穩重而強硬的態度說出——那已經不是暗戀，而是迷戀了、也是時候尋覓下一段戀情等等，我也不自覺地有些著急，像是要告訴他正確答案一樣。我預設立場暗示了我的結論，身為進行諮商的人不應該如此才對，但我又以「這是為了他好」為藉口繼續解說道：

「您剛剛是不是有提到『普通』、『平凡』的愛情之類的？任何愛情，對接收的人而言都是最獨特的。現在，或許是時候要把您這份特別的心意珍藏在回憶裡了。」

我那龐雜的情感跟焦急的心，使我情不自禁地把自己的想法當成了忠告、逕自將他過去的戀情緊實地打包起來。

「或許……真的該如此吧？」聽我一席話，他稍微整理自己的想法，短暫地陷入了沉默後，以自問自答的語氣向我問道。

「如果可以的話。畢竟有時候心很不受控的。」

我當然無從得知他的愛情何時會結束。即使女方已經提了分手，他自己沒有擺脫那段關係走出來的話，終究不算是斬斷這段姻緣；要等到他徹底放下逝去的愛情，待下一段愛情來敲門。

「愛過她、還愛著她的人都是我，卻沒有一件事是真的隨心所欲。今天謝謝您了。下次再見。」

睽違十年再遇見當年的初戀，我不能用這麼客套的招呼語跟他分別。我又開始想念他了，我想再聽更多關於他的事情，無論他想分享的故事是什麼，他的一舉一動跟想法，我都很好奇。

「宣先生，您有暗戀過別人嗎？」我以這個提問，挽留住正要收拾東西離去的他。語出突然，他跟我都感到有點訝異。

「什麼……？」

「我好奇嘛，您的愛情故事。」還有關於你的所有故事——後半句則飄散在空中了。我一邊奮力抓住了他的身影，一邊還要把始終沒能說出口的話語跟情感吞回去。

「我們這邊隨時歡迎您來分享自己的初戀，或是單戀他人的故事，有空的時候都可以來玩喔！想吃巧克力的時候來支持我們也好。」

我用天下泰然的態度，一如往常般地介紹店舖的經營宗旨、招呼客人再次來訪，最後再將我的名片遞給他。

他的神色不再慌張，彷彿這下他才搞清楚用意，並說：「喔！好的……我一定還會再來的……」

接著他盯著我的名片說道：「韓珠浩……好眼熟的名字呀，我有朋友跟您同名同姓嗎……？」

「也許……？這名字有點中性吧？」

「很好聽，而且感覺有點特別。」

看來他是真的想不起我了，認不得臉、也記不得名字。儘管如此，他說者無意，但我聽者有心，他淡然說出的話，仍讓我久違地體會到心動的感覺，至少他還覺得這個名字有點眼熟，而且覺得這個似曾相識的名字很美。

「Sarang de Chocolate……我在走進店裡之前就很好奇了，這個店名的由來是什麼呢？」

顯然他也擔心自己稍早不自覺稱讚名字漂亮的那段話會不會有點失禮，於是乾咳幾聲、又裝模作樣地瞧一瞧名片，補上了這個提問。

「法文『de』是『的』之意，所以合起來就是『愛的巧克力』，但如果以英文發音唸『de』，我們其實是『向被愛情燙傷[5]的人們致上巧克力』的店。我自己的解讀啦，好笑吧？」

聽到我尷尬的回應，他笑著答道：「哇，還有這層的含義嗎？我覺得還不錯啊？雙重的意義，厲害了。那麼老闆您就是負責治癒的人嗎？製作手工巧克力、再用巧克力療癒他人。」

「嗯……算、算是吧？哈哈……」

在他離開之後，外面下了一場大雨，門沉沉地砰的一聲關上了，只靠兩條鐵絲掛著的招牌也迎著風盪起了鞦韆，它們像是代我訴說我那緊張又不知

5 sa-rang 是韓文「愛」的讀音，再取「燙傷」的韓文（de-i-da）與英文 de 的雙關。

所措的心情。我也意識到「原來我的心依然停留在十年前啊」，喜歡那個人的感情跟當年如出一轍，然而，他不是如此。無論是過去還是這個當下，我的心一直都向著他，而他卻從未有和我相似的感情，真是悲哀淒涼。

最後，我招呼他改天再來、並將留有姓名跟電話號碼的名片遞了給他。遞名片時，不知道他有沒有感受到我微微的顫抖？我講故事的模樣在他眼裡如何？時隔多年相遇，不知道我有沒有成為帥氣的大人了呢？腦中閃過了千千萬萬個念頭，其中只有一件事抓住了我的心——

「他下次還會再來嗎？」

是何其愚蠢，

竟思念那從未得到過的愛情。

Sarang de Chocolate

奇形怪狀的巧克力

今天，我們店舖的忠實顧客恩彩也照慣例來訪。截至目前，恩彩的單戀故事，是我在這裡聽過最讓人怦然心動的了。當其他人都因單戀而沉痛且悲傷時，只有恩彩的故事會讓聽眾都一齊振奮起來。她能快速地陷入單戀，也因此總是有許多令人心動的插曲，突然的心動、映入眼簾的帥哥，都可以是單戀的開始。

「珠浩姐姐我跟妳說，這次是來真的！」

「好，說來聽聽吧。今天我也先聽妳怎麼說。」

簡稱「立・墜・愛」——立刻墜入愛河的人，她絕對算是「箇中翹楚」。每當恩彩又找到新的暗戀對象，我們店面的門便會劇烈地開敞，有如她的火熱與急性子。門上的掛鈴彷彿也嚇了一跳，迅速地「噹啷」作響，迷迷糊糊卻又不失風度地親切迎接客人。恩彩進門後，又一如往常地，先是羞澀地跟宰賢用眼神簡單打了招呼，待我接待完客人後，馬上就挽著我手臂直奔諮商室。

快的話一個月，最長也頂多三個月，看著這個孩子成天輕易地墜入愛河，我說道：

「妳是博愛主義者嗎？為什麼可以有這麼多喜歡的人啊？」

「上帝創造了這麼多符合我口味的人耶，難道要忍住不愛嗎？當然要全部付出我的愛呀。但是，為什麼只要那些人也對我有意思，我就又變得討厭他們了呢？我好像就是比較喜歡有點羞澀、然後自己單方面喜歡某個人的那種狀態。」

比起雙向交流互動的感情，恩彩反而選擇透過單戀來喜歡他人，並說自己確實比較偏好這種方式。

將單戀王恩彩引導至諮商室內，並將茶壺中泡好的綠茶，倒進鑲著黃邊、刻有藍色圖案的茶杯中——光是統計到今天，這已經是第九次為了聽她的故事而做一系列的事前準備了。

「這次又遇到什麼樣的人了呢？」

即使都聽到厭煩了，還是不由自主地會期待恩彩帶來的精采故事。

「我喜歡的東西，他都不喜歡。但是他又說，只要我喜歡，他也都喜歡——不覺得真~是絕美嗎？」恩彩說道，她猝不及防以這段話當作開場，一臉已經迫不及待要分享新故事。

「嗯？這是什麼意思？」

見我立刻露出了好奇的表情，恩彩更準備好要打開話匣子了。

「珠浩姐姐，聽我說。舉例來說，我不喜歡薄荷巧克力，他卻很喜歡；我不喜歡披薩上面有鳳梨，他就鍾愛這一味，不覺得很酷嗎？」

雖然我一臉搞不懂她的意思，她還是擺出「妳先聽我說嘛」的表情，所以我又將再次聚精會神地聽她的故事。

「有一次我留校寫作業，結果在教室裡遇見剛結束課後活動的他，又剛好到了吃飯時間，所以我們就一起去了披薩店。」

「妳喜歡吃鳳梨嗎？」

「不喜歡。你呢？」

「嗯……沒事。既然妳不喜歡，那就挑妳要吃的口味吧。」

「隔天，我偶然從他的朋友間耳聞……」

「你今天是吃錯藥嗎？你平常不是只愛吃有加鳳梨的披薩嗎？」

「他那時候看起來也是吃得津津有味，所以我還以為他是真的沒關係呀。吃完披薩之後啊，我們還去了冰淇淋店。」

「嗚哇！我們各挑一種口味，然後分著吃吧？」

「好啊，妳想吃什麼口味？」

「嗯……每種看起來都很好吃耶。抹茶跟提拉米蘇？不不，應該吃個花生口味吧！你呢？」

「那我點提拉米蘇好了，妳也選妳想吃的吧～」

「他問我最喜歡什麼口味的冰淇淋之後……」

「不好意思，剛剛我點的那個薄荷巧克力，請幫我換成提拉米蘇口味。」

「他明明早就已經選好薄荷巧克力、然後也點好餐了，卻因為我，把自己喜歡的口味，換成我喜歡的口味耶。」

「所以，妳就愛上那個男孩子了嗎？」

「那還用得著多說，當然啊，真是太帥了。不覺得嗎？不依循他人，而默默走著自己的路，且有獨特的自我堅持，是吧？」

「是，妳說得是。妳一臉已經徹底陷進去了。」

絲毫不被我的玩笑話影響，恩彩似是沉浸在當天的回憶裡，接著說道：

「甘願為了對方而不顧自己的喜好，這就是奉獻、這就是大愛啊！比起自己的喜惡，反而更優先考量我的口味，上哪能找到比這更犧牲奉獻的愛啊。」

看著面露羞澀卻又語帶確信的她，我開著輕鬆的玩笑、並露出欣慰的表情。

「妳說的都對，也太帥了吧。」

「……但有什麼用，反正我們也不會交往。」

「怎麼突然又垂頭喪氣啦。」

剛才墜入愛河的那個少女一下子消失了，眼神像是說著「珠浩姐姐，我該怎麼辦才好？」，彷彿下一秒即會熱淚盈眶。

「不知道是誰喔，說自己只喜歡單相思，還說那些暗戀妳的人若跟妳提交往，妳反而會覺得害羞又不自在？」

「話是這麼說，但是，世上沒有能夠超越這些障礙的愛情嗎？畢竟我也到了談戀愛的年紀了耶！」

她才高二，雖然我也想說「妳這個年紀談什麼戀愛，給我去讀書，愛情不分最佳時機，但讀書可是有……」之類的老生常談，但這似乎不是一個愛情諮商師該說的話，我便沒說出口。

「要是，有天時候到了，那個男生跟妳提交往，妳會答應他嗎？」

「嗯……我還沒想過這個問題耶？」

「還是妳會開口跟他告白嗎？」

「這怎麼可能，太害羞了吧！」

「妳說自己暗戀人家，又不敢表白，人家跟妳告白妳也不要，那到底要怎麼談戀愛？」

「咦……這個嘛，我也沒想過耶？」

「難道妳身邊沒有對妳有意思的同學嗎？妳仔細想想看。」

「沒有，怎麼可能。只有很多被我暗戀的同學，卻沒有人跟我告白過。」

「但也是可能有人在偷偷地喜歡妳吧？」我暗示她再認真想想看。

「沒啦~沒這種事。那些人頂多就看我成天在他們周圍晃來晃去，於是在好奇心驅使之下便跟我提交往，所以才都交往個短短幾週就分手啦，畢竟裡頭沒人是真的喜歡我。唉，這也太令人難過了吧？我明明都是真心喜歡他們耶，怎麼就沒聽說有人偷偷暗戀我呢？」

「妳沒聽過『愛情增益法則』嗎？」我試圖用根本不存在的用語，安慰眼前正經歷愛情成長痛的少女。

「愛情，會因分享而增生，而能一直飽滿地維持下去。不是還有個質量守恆定律嗎？被四濺的愛情火花燙到，或再怎麼產生化學效應，愛情的總質量都會是相同的——妳也有妳自己的定量總額，在這裡受傷了，就到另一處獲得治癒，嗯？」

「珠浩姐！我是自然組的耶？愛情怎麼可能有化學……」

「夠了夠了~真是的，沒在聽我的重點。」

恩彩咯咯笑地用「好啦，知道了」打發我。

「妳有常常跟朋友們分享說妳來這裡的事嗎？」我打算簡單地以這個提問結束這次的話題。

「哦？有呀！一個同學，名字叫金振圭，男生裡面我跟他最熟。每次見到面，我就會跟他分享前一天來這裡找妳玩、跟妳聊我的愛情故事很有趣之類的……」

恩彩眼帶懷疑地問道：「但是，妳是怎麼知道的啊？」

「妳肯定不知道吧。」

「不知道什麼？」

「每次妳來這邊之後，隔天就會有一個小男生找上門，問前一天有沒有看到一個小小隻的可愛女生、她買走了什麼口味的巧克力，然後再跟妳買同一款。」

「誰……誰呀？」

近距離目睹高中生青澀愛情的我，有如成了愛情的邱比特，於是我自豪地說道。

「振圭啊。」

「啊？他喜歡吃巧克力嗎？不是耶，那他怎麼連自己喜好都搞不清楚，成天跟著我買同一個口味啊？搞什麼。」

「喜歡一個人，就會想了解對方的喜好，然後跟著喜歡那些對方喜歡的事物，本來就是這樣啊～」

「他？喜歡我？最好是啦～」

「他還留了這個給我耶，叫我要轉交給妳。」

我將他留下的巧克力禮盒跟一封信遞給了恩彩。名叫振圭的男學生，選了恩彩這陣子以來買過的九種口味，再附上自己親手寫的信，還囑咐我要將巧克力禮盒包裝得漂漂亮亮的。

心形牛奶巧克力

這款不可以咬碎喔，一定要放入口中化著吃，

不然愛心形狀就碎掉了嘛！

星形白巧克力

每次在心中埋怨妳不懂我時，
我努力壓抑我心中想要畫愛心的欲望，
而我所畫下的線條，
成了稜角分明的星星。

圓形黑巧克力

圓圓的月，和妳圓圓的臉，眞可愛。

P.S. 妳功課那麼好、無所不知，
怎麼就是沒看出來我喜歡妳。
據說巧克力有助於轉換心情，
希望妳能別再單戀別人，然後把那份感情轉移到我身上就好了。

讀完紙條內容的恩彩有點羞澀，面露慌張，又藏不住心中的喜悅。

「妳看，我說過了吧？其實已經有人愛著妳了，不是只有妳獨自暗戀他人。」

「齁～什麼啦～他真的來這邊交代這個東西給妳嗎？他真心喜歡我嗎？」

「嗯。妳對那位朋友完全沒有那種感覺嗎？」

「是啊，應該……沒有吧？」

其實恩彩跟振圭從國小就是朋友，兩人小學時短暫有過好感，但是現在要把那當作情竇初開，又有點模稜兩可。

「說實話，運動會那天……兩人三腳比賽要搭他肩膀的時候，我是有點緊張，不過是想著，當年的小鬼頭，怎麼不知不覺就長這麼大了，而不是喜歡的感覺呀？

「啊，還有。某次一個男生開玩笑說『金恩彩妳長得好醜！』的時候，他還跑來安慰傷心的我，雖然當下很激動、很感激他，但也不是『喜歡』呀～」

「妳是我們班上最漂亮的女生。」

「妳喜歡人家嘛。」

「嗯……嗯？怎麼可能啦。」

一直以來，都是恩彩主動暗戀其他人，這次卻輪她感受一下被動接受他人的心意是什麼感覺，經歷第一次的悸動，有點尷尬、生疏又害羞。見恩彩還不承認自己喜歡對方，我要她交往後，下次兩個人一起來店裡，並說「以後都聽不到妳分享暗戀別人的故事了，太可惜了吧～」，送走了她。

「哎呦，就跟妳說沒這回事！真的啦！我怎麼可能會喜歡那個臭小子？」

在空無一人的小巷裡，看著恩彩嘟嘟囔囔矢口否認的背影，「我早就看到妳剛剛幸福洋溢的笑容囉，以前其他人跟妳告白的時候，也沒有這樣。期待妳好好表現——」隨著恩彩的步伐漸遠，我雙手緊握，微微噘著嘴含糊地喊道。

恩彩驚惶失措又尷尬地立刻示意要我小聲點，又以「我嗎……？真的嗎？」的表情一次次讀了紙條內容，慢慢地消失在巷子的盡頭。

這是躁鬱症吧，
為了那個人，
我的心情時悲時喜地跌宕起伏——
他到底對我有沒有意思？
真希望他現在也能生場病，
想念我的病。

Chapter 3 不能就此承認不適合嗎？

Sarang de Chocolate

可可粉

一夕之間，空氣微帶著寒氣，巷子裡吹來初冬的風。這裡本來就人跡罕至，那天又格外冷清，雨水趁隙劃破空氣的餘白，天空突然下起了一場大雨。

我正心想著「應該一下就停了吧」時，一位男士穿過了雨簾、直直朝著我們店舖奔來。

「哇，雨下得很大耶，我得來這邊躲一下雨了。」他輕拍了衣服，身上的雨滴落到店門口的腳踏墊上，他一邊擔心哪裡還有水滴，一邊急忙地關照其他地方，確認後才露出舒坦的笑容。跟我對到眼後，他又趕緊整理了自己的衣著。

「啊，沒問題的，請進。」我稍微匆忙地上前迎接他，而後又走回店裡。

「哇，巧克力的種類真多啊，待會兒得買一些走了。嗯……請先給我一杯熱的巧克力牛奶吧。」在這寒風刺骨的天氣，他先是點了杯熱飲暖暖身子，接著在店裡晃了一圈，最後才發現單戀諮商室的告示牌。

他猶豫了幾秒，指著牌子說道：「請問，我、我也可以體驗這個嗎？」

「當然！請您先到那邊的諮商室，我準備好您的巧克力牛奶就過去。」

通常下雨天很少有客人會走進小巷子裡，所以會比較清閒，今天竟是雨水招引客人來店裡，興奮又開心的我將客人點的飲料擺到桌上，接著說道——

「這條小巷不是一般人會常常經過的路耶，您今天是出門辦什麼事情嗎？」

「啊，是我迷路了。我出外透透氣時走錯了路，所幸下了這場雨，才有機會發現這家店呢。」

「哎呀，原來如此，來得真巧！」

在陰雨綿綿的天迷了路，接著被某家店鋪的裝潢吸引了目光，再因這份偶然心滿意足的他接著開口——

「竟然還有這樣子的地方啊。對初次見面的人講自己的愛情故事？感覺有點難為情，又有點有趣呢。我的故事有點恥耶，沒關係嗎？」

「赴湯蹈火的愛情世界裡哪有什麼好丟臉的，就連那個丟臉的感情也是愛情的一部分呀。」

他聽了微微一笑，稍微呼呼地吹了滾燙的巧克力牛奶，喝下杯中的飲品，剛才冬雨帶來的寒冷似乎終於消去了。

昇鎮先生的單戀對象是前公司同事。以前當同事時，兩人只是剛好走得滿近的好同事，就僅止於那種關係。如果有人問他們是不是在交往，他們還能臉不紅地開玩笑回「對啦，我們新家的生活用品都買好了」之類的。

「那天，她說當作紀念我辭職，要請我喝酒。」在那個場合，那位同期的同事含淚地說道——

「欸，現在應該可以叫『欸』了吧？反正也不是同公司的人了。但你爲什麼要辭職啦～雖然能去更好的環境很值得高興，但同期進來的同事要離開了，我還是會難過耶。」

「妳哭了嗎？不是，妳哭什麼啦。」

「我以前對你有意思的說。現在你要離開，我終於能痛快地說出來了，我喜歡過你！」

「她拿出一張照片繼續說。」

「你對這張照片有印象嗎？我們第一次拍團照的那天。從那時候開始，我就喜歡上你了。我也想跟你拍照，所以爲了能夠跟你同框，只要有其他同事找你拍照，我也會擠過去湊熱鬧。

「教育訓練的時候，你那個認眞的模樣看起來好帥。」

「她就這樣跟我表白了。」

「我喜歡過你，爲了多見你幾面，想盡了各種辦法，就算我們屬於不同的部門，我也時不時東張西望，看看你在不在茶水間。還會爲了不讓自己的心上人丟臉，所以第一次下定決心要當個充滿智慧的人，也開始努力工作。我本來是貪心又愛做大夢的人，當聽到你說你的夢想是只盼一個平凡的生活，我心中竟也覺得很想跟你一起過你夢寐以求的樸實生活……我曾經非常喜歡你。」

「我一時不知所措，所以保持靜默，我是真的不知情，也沒發現她對我有意思。」

「不過，我決定要放棄了。你一定不知道吧？每當你開玩笑對公司的人說『我們在交往啊』，我便成天樂不可支，回家後，心臟還會整晚撲通撲通跳。

「現在，我決定不要再喜歡你了。啊，身心舒暢。好像綁在身上十年的贅肉一瞬間消失了。跳槽到新公司也要好好吃飯好好睡覺喔！啊，如果你跑去跟其他同事說這件事，會被我罵死的。」

「聽那長長一段告白，我的心幾陣絞痛。她應該喜歡我很久了吧？從新進員工訓練算起的話，應該有兩年左右了吧，我卻壓根都沒想過，聽她告白後，我當下只有兩個想法——既覺得格外對不起她，又擔心『現在我們連朋友都當不成了嗎』？

「大概過了兩三個月之後，我夢見了她。其實不是什麼特別的內容，我夢到著一身漂亮西裝的她跟我握了握手。但是，真的有可能這樣嗎？我本來完全對她沒有感覺，卻從她出現在我的夢境裡的那天起，我開始對她產生了不同的情愫。

「所以我們又見了面。不過是我邀所有前公司的同期同事們一起聚聚的那種場合。」

「那個……妳還喜歡我嗎？我現在喜歡上妳了，如果時機還未遲，希望妳也能喜歡我。」

「那時飯吃到一半，我走去外面抽菸，而她則是剛好上完廁所要回位子，巧遇得突然。我直接攤牌了，其實我也沒料想到，但又覺得一定要把握那個瞬間講出口。

「她聽到以後卻只是笑了笑。」

「哈哈，怎麼突然這樣覺得呢？我已經整理好我的感情了，所以，看來你只能當作單戀囉。」

「我第一次感受到何謂『心一沉』。哇，我當下浮現了各種想法——怎麼有辦法這麼快就忘記了呢？那天說要放下這段感情，這就真的可以全部忘卻嗎？她的單戀竟是這麼隨便的嗎？

「那時我才知道，原來愛情也是講究時機的。我意識到，我的告白，像是在把兒時的熊娃娃塞進一個大人的手裡，就算曾經那麼懇切，現在對她已經毫無用處。」

她說，她那時已經決心放下、要忘記他的一切，所以才能如此會不怕後悔、毫不留戀地跟即將要離開的他告白。

「此後，偶爾巧遇，或是我說要請她吃飯的各種場合，我也表達了很多次——說我喜歡她。

「每次我都順著自己的感受誠實傳達了我的心意，就像老闆您不會因為地球是圓的事實而感到不高興，我也只是，把我很喜歡她的這個事實，參雜著情意屢次表達。裝作若無其事、『只是跟妳說一下』，同時還是一直看她臉色。畢竟我的心也不是鋼鐵做的，總會擔心『要是她聽到這些話，越聽越討厭我該怎麼辦？甚至以後拒絕跟我見面怎麼辦？』」

「我現在眞的不喜歡你了，而且我也有新的穩聊對象了。眞的，不准再告白，已經夠了。你再這樣我就不跟你見面了。我們就當好朋友吧。就像我已經走出這段感情一樣，你也放下吧。」

「她這麼說。那次，我說這是最後一次告白，而如同我的表白也沒有一絲虛假，她也是滿腹真心地說的。」

「您會後悔嗎？想著要是她跟您告白的時候，您接受了會怎麼樣？」我小心翼翼地問他。

「不會，因為那時我對她真的沒有別的感情，而只是把她看作很好很好的朋友。所以等到我真的喜歡她時，我才盡了最大的努力去追求。不管我告白不告白，應該都有辦法覺得後悔吧。

「所以最後一次，我這麼對她說。」

「若有那麼一點機會，妳回心轉意了，再聯絡我吧。或等我放下感情，我會再聯絡妳的，到時再見。」

客人還處於單戀的「現在進行式」，我為了安慰他，鼓起勇氣低聲地問道：

「那……您真的要放棄了嗎？」

「也許是吧？我喜歡她，但對她而言是一種負擔嘛，所以我對她，也覺得很抱歉……那份喜歡應該會剩下思念吧？還是該稱為迷戀呢？」

「您應該還放不下她吧？」

「是還沒，等時候到了，應該就會放下吧，雖然我還不知道那會是什麼時候。」

他似是想表達「都是過去式了」，那開玩笑的語氣中夾雜著解脫和心酸——

「難道她對我，就是對前東家一樣，離開就再也不認人了嗎？」

他幽默的玩笑話，令我會心一笑。

「儘管如此，我覺得您很有骨氣，也很羨慕您，有勇氣屢次告白。」

「哎呦，哪裡哪裡。單戀時最常聽到人家說，『沒有砍十次還砍不倒的樹』，但光有勇氣有什麼用呢，誰知道那棵樹會這麼堅硬厚實，那當初就別那麼親切嘛，不要像搞曖昧一樣拐彎抹角……我只要想到以前我不喜歡她、還回絕她告白的那些時刻，都會被自己笑掉牙。」

「對不起，我不能接受妳的心意，祝妳遇到更好的人。」

「真不知道我是太壞還是太善良，或者該說現在才無法自拔的我實在太遲鈍？

「就算我告白的次數頻繁，也不表示我是在拿我的感情開玩笑。我一次次都是動真格的。」

他一陣低喃，像是在說「早知如此，何必當初」……怪她「為什麼偏偏要出現在他的夢裡，害他現在這麼辛苦」、「要是她再早兩三個月登場，他就會早點喜歡上她了」。

「為什麼愛情熾熱，卻只有一些感情會痛，而另一些不會呢？」

「說得也是……嗯，因為有些是慢慢升溫煮沸，有些是突然爆發的？就像桌腳一樣，只有突然用力撞到的時候才會痛嘛。

「那您知道最適合巧克力融化的溫度是幾度嗎？」

昇鎮有些不知所措，嘗試解讀這突如其來的提問。他一臉還在猶豫要不要回答時，我便繼續說道——

「三十五度。比人體低一度的三十五度。您不覺得很神奇嗎？所以將巧克力放進人的嘴裡，它就會緩緩地化開。就連巧克力都有自己最適合融化的溫度了，愛情何嘗不是如此？您沒能傳導您的溫度給她，而她在這個溫度裡只會維持堅硬的固態，只能說，你們的適宜溫度不一樣囉。」

在製作巧克力時，控溫能力即是關鍵，在術語中稱為「調溫（Tempering）」，即是將固態的調溫巧克力（Couverture Chocolate），在適當的溫度下融化、混合，降溫後又反覆地融化再混合，直到製作中的巧克力達到理想的狀態。過程中，會將融化的巧克力淋在大理石板上以增加摩擦力，再利用刮刀翻攪，將巧克力冷卻至所需溫度。這是一項需要高超的技術、專注力和細心的作業。

所有巧克力並不會在相同的溫度達到最理想的狀態，它們會在不同的溫度融化，還必須配合它的溫度進行調溫工程，才能創造它的絕美。即使平平都是入口即化的巧克力，在製作過程中，也應該要配合各款巧克力的適合溫度。也許，是他擁有的感情溫度也與對方擁有的溫度不同吧。

「她當時喜歡我的情感，就是慢慢冷卻凝固了嗎？因為我沒有作出任何回應，而是放任她冷掉。不久後，我的心意也將會如此，是吧？」

無論他的單戀是否有結果，我都尊重他的決定，且希望能畫上美好的句點。我燦笑地說——

「嗯！您已經鼓起勇氣單戀她了，相信也可以勇敢收尾的！既然聽您分享了愛情故事，那麼能讓我送您一個禮物嗎？」

「行！好啊！」

昇鎮的聲音多了一點朝氣，外頭的陣雨也在不知不覺中停了，烏雲飄過了逐漸陰黑的天，預告著夜晚的降臨。

「這是可可粉。」

「是剛剛喝過的那款嗎？是吧？這個很好喝耶，我剛剛才想說要為了喝那杯再來店裡呢！」

「味道不錯吧？在這麼冷的季節，待在家裡用熱牛奶沖可可粉，一口喝下去，能不幸福嗎？不過，您知道可可粉，它有防水的功能嗎？如果直接加進冷水，它不太會溶解，要一直攪拌才有可能。」

「是嗎？我完全沒聽說過這件事呢。」

「所以說，您也別像冷水裡的可可粉一樣，被雨水打濕了，哈哈。而且我不知怎的總是喜歡可可粉——即使泡在水裡也不易溶解、要好好攪拌後才能喝——它好像在說，人就算會流淚，也要堅強地克服。得到某人的安慰後，總能徹底地融化。所以，其實我覺得挺好的。」

聽我這段稍顯沉重的話，他陷入了一陣沉思，接著點頭表示同感。

「您說得有道理。知道背後的意涵以後，收這份禮物又更有感覺了呢。謝謝您。」

天氣越來越冷，剛下完雨，窗戶上還留有幾滴雨點。不知是心還是腳步在催促著，昇鎮先生穿起了外套。

「本來是來避雨的，不知不覺雨已經停了呀。謝謝您的招待。」

我一邊送走了最後一位客人，一邊心想著，既然一些不好的、殘害身體的事情——罵髒話、駝背、成天滑手機，我們都不用等人教，就可以做得很好，如果「討厭起原本喜歡的人」也可以無師自通，不知道會如何。和宰賢一起收拾完後，我任由外面的黑暗悄悄進入店裡、帶來了天空的顏色，最後關了燈、鎖上了店舖的門。

致親愛的你：

正好在我念起你時，外頭下起雨了。

不，是我思念你的時候，剛好外面下著雨。

我時時刻刻都想著你，不留一絲間隙。

Sarang de Chocolate

巧克力薩拉米

「外面的宰賢，是我暗戀的對象。」她悄悄地說。

她算是滿常拜訪我們店裡的年輕女客人，一坐到諮商室裡，便先看了看外面人的臉色，才這麼說道。金佑汀，二十四歲大學生，有著跟名字般配的開朗跟活潑，現在說著她暗戀我們巧克力專賣店裡的宰賢。

怪不得，她平常來店裡的時候，時不時就會硬是找宰賢搭話。

「啊，今天天氣很好，好適合吃巧克力，所以我就來了！」

「哇，這是今天新推出的口味嗎？剛好可以買給我朋友耶！」

今天走進諮商室前，她買巧克力時也是一邊看看菜單、再看看宰賢的眼睛，又時不時找宰賢搭話，這麼一來，她的那些行為都說得通了——成天說有朋友生日、說弟弟很喜歡吃我們家的巧克力、或說那天特別想喝巧克力牛奶等等，即使一隻手還拿著別家咖啡廳的摩卡。

「請問他有女朋友嗎？」佑汀問道。這對她而言是最重要的問題。

「沒有……吧？我也不清楚耶，嗯，據我所知，應該沒有。所以您之所以這麼常來這裡，都是為了看宰賢嗎？」遲疑自己能不能這樣洩漏宰賢的感情狀態給客人，於是我給了模稜兩可的答覆，並開玩笑地問道。

「啊，真的嗎？那我就可以一直喜歡下去了嗎……？欸……沒有啦……你們家巧克力是真的好吃，一邊喜歡他，順便來吃巧克力，可謂一舉兩得、一石二鳥嘛。」她陷入一陣深深的苦惱後，老實地回答了我的問題，在那之後，我們還談了一些愛情故事以外的話題，嬉笑閒聊。雖然佑汀小姐真的是很常遇到的客人，但是今天知道了她的名字、年齡，又聽到她臉紅心跳的愛情故事後，才更覺得親近許多。

聊了其他事情，接著也回歸正題，聊了她的單戀故事。

「託他的福我才首度知道，我竟然能在一個單純『來過』的巧克力店，被一個人吸引。我很喜歡那個人，他填滿了我的心，還挺沉的，所以也很難承受。」

她往後靠到了牆上，並在空中指著外面的宰賢說道。心的空間那麼小，要盛載的心意卻是這麼巨大，確實很沉重。而她今天鼓起勇氣開口跟我分享，那能量終於能透過嘴巴釋放。還沒準備好向宰賢開口，她先來這裡諮詢一番，可以的話，她打算要告白。

「大家不是常討論，到底『總覺得好像在哪裡看過你』跟『我還是第一次遇到像你這樣的人』之間，哪個比較好？」

「嗯……不知道耶，佑汀小姐您覺得呢？」我仔細地想了一下，仍給不出回應，而先等待她的答案。

「啊，我不是在說他喔，不用擔心。」看我想得這麼入神，她怕引起了不必要的誤會，趕緊笑著說道。

「我只是在說，我曾經遇過在街上擦身而過的人，說我長得眼熟，也曾遇到打過幾次照面的人，後來突然說他是第一次遇到我這種人。

「眼熟跟感覺新穎，究竟哪一個比較好？我發現每個人都有不太一樣的看法，愛是日久生情？還是從陌生裡感受到的悸動？也是在那時候，我才意識到自己可能對某些人來說很陌生，又會帶給某些人熟悉的感覺。

「不管是以哪種感受出發，我希望對方都能覺得『妳有種我沒看過的特別』，啊……我只是說說而已，怎麼突然聊到這個話題啊，哈哈。」

她尷尬地笑笑帶過，沒來由地盯著桌子的花紋，最後坦白，自己從那位陌生的巧克力店店員身上，感受到某種熟悉的感覺。

在我眼裡的宰賢，也是帥氣、修長又慈眉善目，對客人一直都很親切，或許她就是被那副模樣迷住了吧。但無論宰賢的心意如何，我總覺得哪裡怪怪的，過不了自己這一關。由於我心中的疑惑未解，一時也不曉得該怎麼回應她，於是只能先繼續聽她說。

「雖然知道明明對那個人來說，我只是一個客人而已，但因為經常光臨這裡，所以他也一直在我心中進進出出的，我不算常客，倒是他成了我心中的老主顧……」

「老闆，您認為愛情是什麼呢？」她花了好一陣子分享自己喜歡宰賢的哪些部分，接著向我提出了這個問題。該怎麼說才好呢，雖然我們常常談論到愛情，我卻從未想過它的定義。仔細思索一番後，我給出了答案。

「對我而言就像……電影或電視劇？看我喜歡的作品時，我不會遺漏電影裡的任何場面，每句台詞、每個動作、乃至主角身後的每一個場景，我都想要收進眼底，我有時候會累積集數一次看完、或看完又從頭到尾再複習一次……我呢，在我喜歡的人面前，就連他眼裡映照出我的背影，我也都感興趣。而且，站在我的愛人前，我最喜歡的歌曲還會當背景音樂流淌，就跟電視劇裡演的一樣。但不一樣的是，我的愛情裡，故事情節前後不一致，沒有條理、也沒有完整的敘事，亂無章法。是因為我都愛得隨心所欲嗎……那您覺得呢？」

我一直認為愛情就是一種普遍的情感，所以應該很容易定義。當被問到何謂愛情時，我才認真地醞釀、並再梳理一下自己的想法。或許，在這裡聽第一次見面的人分享自己的單戀故事，也是出於類似的概念，過去不知道愛情是什麼的我，也許其實正是因為愛過了。

「她的初戀失敗了嘛，就那個人。成功倒也是有——最近又成功分手了。」智妍指著我說道。

那時我心情已經夠鬱悶，便趁放假短暫回來韓國，見了好久不見的朋友們。

「二十五歲的我，失去了曾經最親暱的五年摯友，而且她是我在大學交到的第一個朋友。現在應該回憶一下以前的好朋友了。」

經歷了第一次戀愛、再體驗了第一次分手，我的失戀低潮綿延了半年左右。早上一睜開眼睛就想哭、晚上睡前再哭一次，流淚像是一天中不可少的例行公事一樣，先是抽泣，接著嚎啕大哭。慶幸的是，留學生活既繁忙又陌生，所以還能少難受一點，因為比起念著相愛過的人，我得更忙於關照生活跟周遭環境。

從大學的烘焙相關科系畢業，我接著選擇到瑞士的廚藝學校留學，因為瑞士以巧克力聲名遠播，且那間學校出了多位手工巧克力的名人。雖然大學時期，我自認學校跟烘焙教室的課程，已經使我對巧克力瞭若指掌，但我仍覺得，飛到手工巧克力的故鄉多多學習，應該會有所不同。我想要用不同的視角、去挑戰不同的體驗，於是就下定決心出國留學。我以為，這完全不會影響我們的關係。

儘管如此，自從我說要我去其他國家起，他就顯得有點沒信心。對他而言，我們多年的戀情不足以作為擔保、支撐起遠距離戀愛，無論是什麼情緒，似乎都會變得不易傳達。最後，在我出國留學不到五個月後，他便用手寫信提分手，而且直到那封信送達我手裡之前，他都與平時無異地，跟我保持著聯繫。

「不是，而且眞的有夠搞笑。他還是選快捷郵件，到底是以什麼心情寄的啊？打算要提分手，聯絡的時候又裝作若無其事？啊妳，怎麼不回嘴幾句，也不問他到底爲什麼這樣？」

珠浩啊，對不起。初入二十歲便開始談的這場戀愛，這段時間妳跟我經歷了好多，但我好像該跟妳分別了。

其實從一開始我就沒信心。都能相愛了，我們也可以一起試試看不再相愛吧？雖然感覺會很辛苦，但相信我們做得到的。與其說是厭倦了，不如說是我明顯看不見我們一起的未來。我在一端白晝、一端黑夜的通話中感到疲憊，偶爾見面，把沒約到會的時間一次見完時，又感到力不從心。現在，我們來嘗試不同的愛情吧，各自，和不同的人。所以說，我們分手吧。

令人啼笑皆非的是，面對平靜又乾脆地提分手的他，我卻不知道該問他什麼話、也沒有哭哭啼啼地衝上前挽留他。我想著，也許，直到那封信件送到我手上為止，他那與平時無異的姿態，已經是他對我最後的關懷了，所以我只能獨自哭泣。分手——竟用一句話就能和最親近的人永別，我悲痛不已，也許是因為當年的初戀沒能實現，而第二次的戀情有譜，我就顯得過於執著懇切了吧。

「哎呀，我不知道啦！而且幹嘛突然提起初戀啦，再怎麼說，第二次的單戀也有成功嘛。」

「不是欸，我才覺得神奇吧。妳怎麼有辦法每次喝醉酒，都會拿初戀的事情出來講。」

「沒關係啦，至少她今天只會瘋狂講前男友的事情……吧。」

「這是當然的！我一個人喜歡他將近五年，能不滿腹怨氣嗎？高尚純粹的心意，也該讓別人知道。一輩子裡，花了五年獨自愛一個人，再跟一個人相愛了五年！」

「妳是不是對初戀對象還有幾絲迷戀啊？」

「有什麼好留戀的，一定是太委屈才這樣。不甘心只有自己愛著初戀對象，所以發酒瘋啊。至少她沒有在前男友面前發作，這應該算非常幸運了吧。」

「爲什麼我的每一段感情都是從單戀開始呢？怎麼沒有以其他人的暗戀爲起點發展的戀情呢？我也想要被別人暗戀啊！」

每個人都會經歷愛情與離別。而我或許是因為打擊太深，所以才不想再聽到更多老掉牙的愛情故事。我開始覺得愛情只留給我教訓，「我曾經愛過的人們，最終會一一離開」。在那之後我嘗試過幾次相親、交往後再分手，更甚至是試圖緊抓新的人選去喜歡，又宣告放棄……而最終證明，跟我當初的想法一樣，想要得到某人的單戀並非難事。這種感覺，也成了我設立單戀諮商室的契機之一，雖然我沒能得到他人的暗戀，但多聽聽別人的單戀故事，我好像也能得到慰藉——啊，不是只有我因為暗戀他人而覺得煎熬啊。

俗話說「如人飲水，冷暖自知」，只有親身經歷才能感同身受，也許是因為如此，我才想要為那些受單戀所苦的客人帶來更多安慰。當迎接前來諮商的顧客們，我彷彿看到了過去的自己，而聽著客人們的故事，我也會憶起過往、從逝去的愛情裡反省。曾經最要好的他讓我了解愛情最酸楚的一面，而我終於能全然放下與我走過青春的那個人。至於初戀，我的感情依舊尚未理清，還置於心底的一個角落。

稍早那簡短的提問，帶我回顧了過去那些難解的愛情。我獨自在腦中細細回味過往，並針對問題整理出我的回答。接著，輪到我反問佑汀小姐的想法了。

「嗯……對我而言，愛情就像耳朵一樣。」

「……？您說，耳朵嗎？」面對意料之外的回答，震驚的我好奇地反問道。

「某個瞬間我想到，我的手臂、雙腿、眼睛、鼻子跟嘴巴都能跟隨我意志移動，但唯獨耳朵不能受我掌控。而愛情好像也是如此，不能由我作主。」

她陳述完自己對於愛情的定義後，似是有點難為情。她摸了摸耳朵，而剛才被她比擬為愛情的耳朵也紅了起來。

「……如何？我可以告白嗎？我只是個擦身而過的客人，我的真心能傳達給他嗎？」她猶豫地說道。畢竟我跟宰賢是工作夥伴，所以她很想問我的意見。

「我老是被愛情纏住，他會干擾我的生活，無論讀書或玩樂的時候，我都不時想起他，因此我什麼事情都做不了。不覺得很好笑嗎？連話都沒好好講過一次，就說喜歡人家。」

「就算半句話都不說，仍有可能產生愛的情愫；反之，即使是初次見面、根本什麼事情都還沒發生，也可能會對某人莫名地心生厭惡。人類的感情會自然產生而不受大腦所控，從這角度來講，這些不也挺理所當然的嗎？憑著極短暫的第一印象，幾秒鐘內就能認識這個人，這件事可不是空穴來風。」

我對她的話表達同感。第一次相遇便從對方散發出的氛圍產生好感，透過之後沒幾句的對話，便足以知曉他是一個怎麼樣的人。所以我說，即使他們相識的時間不長，那也已經足夠對一個人產生情愫了，就像人們常說第一印象很重要，而從他人感受到的氛圍跟感覺也是如此。後來，對話放緩時，我才針對她今日來訪的主訴求進行回應。

「但我想，若是宰賢不接受您的表白，您將會無法再登門拜訪妳的愛店。因為宰賢還會一直在這裡，而如果您的情意沒能走進他的心扉，很難不感到失望，也很難再泰然來訪我們店面吧。比起常常光臨喜歡的店，若您覺得，您更想要向喜歡的人傳達妳的心意，我當然舉手贊成。相信您知道的，無論您作出什麼決定，我都會支持您的呦。」

這裡賣著深色的巧克力，卻飽含著某種明亮，再加上這裡空氣好、氛圍佳，使女子常常光顧我們的店，而在這家店裡，又有宰賢的存在，讓她不由得更喜歡這裡了——吃喜歡的巧克力、又能看到心儀之人。然而，她現在必須在兩者間作出取捨，是選擇留住愛店，還是鼓起勇氣向他開口？

「老闆，您應該不希望我告白吧？因為我告白後，你們店面可能就要少一個忠實主顧了。」

「沒關係的，我們見過這麼多次面，今天竟有幸聽到您的愛情故事，我已經很滿足了。況且，也還不知道結果會如何嘛。」

我淺淺地笑了笑，接著從抽屜的最深處拿出了巧克力，五彩繽紛的包裝紙內，包著巧克力薩拉米（Chocolate Salami）。

「這個長得很像義大利臘肉吧？那種乾燥香腸之類的。」

「喔，對耶！這巧克力真的長這樣嗎？」

我撕開包裝紙，將外觀神似臘腸的圓柱狀巧克力置於原木製的砧板上，接著拿起銀光閃閃的巧克力專用刀。要將巧克力切片的同時，冬日不溫不冷的午後陽光從窗邊灑落，使刀子閃爍著彩色光芒。

「我們切成一片一片吃吧。吃完這些薩拉米切片後，肯定意猶未盡而覺得可惜，但您也不會後悔的，因為實在是太好吃了。題外話，當遇到好的影視作品，我反而會捨不得看，就像我剛剛說的，我會等作品播完後，再一次從頭看到尾。同理，巧克力也是，我也會捨不得吃這個巧克力薩拉米，於是食物總是消耗得很慢，所以搞不好，神也會把那些對的人『好酒沉甕底』，等時候到了才展示到我們面前。無論將來您會遇到什麼樣的人、開啟哪種戀愛，我都祝福您能遇到好人，因為您也是很好的人喔！希望這些日子，您都在我們店裡獲得了珍貴又愉快的體驗，喔，又或許，真的在這裡談起戀愛……不管結局如何，希望您都不會感到後悔。」

我們就這樣結束了對話。離開前，她用眼神示意、向宰賢打了招呼，並領取了她提前訂購好的巧克力。而我完全沒有跟宰賢問起佑汀小姐或提起剛才這件事情，只在心裡想著「得等她來分享後續，又或者從她降低的來訪頻率來推測出結局了吧」。

我想念他，
我想與他相愛，
我想成為他的人，
跟他過平凡日常的約會。
我懇切地盼望著。

Chapter / 4

一口口將你我交織在一起

「但是，您怎麼會好奇這些呢？初次見面的客人們單戀別人的故事。」

他來了，而且是今天的第一位客人。沒想到他真的來了，他終於來了。嘴上說著自己是因為覺得上次的巧克力很好吃，衝著那個想念的味道所以來訪；但明明我當時是說「等你想跟我分享愛情故事時可以再來，啊想吃巧克力的時候當然也歡迎」，怎麼他好像只記得後半句一樣。真心因為懷念巧克力的味道才來的──我想到這裡，便噗哧地笑了。

「啊，謝謝您……我，我下次一定會再來！也可能會經常來叨擾，因為巧克力味道真的很不錯。」

那時，他剛買完巧克力，猶豫了幾秒準備離開，我便叫住了他，還謊稱店裡即將推出一款新的巧克力，邀他來試吃，他爽快地允諾。一旁的宰賢與我短暫地對到眼，神色略含詫異又有些欣慰，接著我便尷尬地將他引導到諮商室裡。

才剛坐下，他便說自己有問題想問，而且是之前就想問的。

「該怎麼說……從某種角度來看，這些都是很心痛的故事嘛，一般的愛情故事通常使人臉紅心跳，但，一個人單向的愛情故事，需要的好像是別人的安慰……？」

「總覺得，這背後會有什麼原因？老闆您也一定有初戀吧？」

「當然囉，這世上哪有人沒有初戀情人，敏雄先生您也有吧？」

「嗯……沒有耶？目前為止好像都沒有……都剛好遇到互相喜歡的對象。」他直盯盯地看著我說道。

「壞蛋。」

有人因為單戀而承受好多痛苦，竟有人活了一輩子到現在，都沒有偷偷暗戀別人的經驗。

他忽然低頭看了看左手手腕上的手錶，接著說道——

「啊！太好了！因為我沒有單戀過別人，那麼就輪到老闆您分享自己的故事了。我今天請了特休，所以時間很充裕。既然上次您聽了我分手的故事，今天就讓您休息吧，不用聽別人的愛情故事，換我來當聽眾。」

他是一位建築設計師，今天是難得的休息日，他本來打算在家裡好好睡懶覺，卻突然想吃巧克力，於是就來店裡了。怪不得，打從今天一進門開始，他就像是把上次沒講到的話一次說完一樣，一下稱讚房子外觀很漂亮、一下說室內的裝修也很精緻、溫馨安定的氛圍再搭配甜美的巧克力香氣，很能吸引客人之類的。

「什麼？怎麼突然說這種話……」

「老闆您不是聽了很多別人的故事嗎？今天特別一點，換我來聽您的故事，總是該休息一下吧！況且您還端出新品巧克力了。」

那不是新口味，是我平常很喜歡的綠茶巧克力，只是為了留住他而使出的把戲。他不疑有他地拿起巧克力端詳幾番，接著端正坐姿，像是做好了聽故事的準備。

「真……真的嗎……？」

他將椅子往桌子方向拉近了一點，陳年的復古風椅子發出了嘎嘎聲響，而不知所措的我也像是那把椅子一樣，好像哪裡故障了，藏不住尷尬之情。

在過去的暗戀對象面前，分享自己的單戀故事？這是何其尷尬又令人驚慌啊。如果他想起來怎麼辦？這……到底該不該據實相告呢？我的腦中快速跑了計算，最後得出了「反正不說白不說，先說了再來擔心後續吧」的結論。

「那，我真的要說囉？」

他豎起了雙耳，露出調皮的微笑。

「這感覺好特別喔。每天都在聽別人說自己的初戀，忽然換自己開口，真彆扭，好像突然可以理解客人們的心情了……」看著可愛的他，我以「該從哪裡說起才好呢」一席話當作開頭，講起自己的故事。

「那時我國中二年級，那個人是我們學校的學生會長。真不知道為什麼大家的初戀都是學生會長或班長之類的呢？難道全國上下，具有領導能力的人都長得帥、品行佳、又很會運動嗎？」

「喔？我也當過學生會長耶，既然您都這麼說了，想必我也屬於那種類型的人吧？」聽到他輕鬆的玩笑話，我淡淡地笑了笑，並繼續說道：

「他本來就很受歡迎，所以當然經常會耳聞他的名字，偶爾在路上擦身而過時，也能認出來『啊那個人就是有名的學生會長』。

「我還記得我是什麼時候喜歡上那位學長的。那天是運動會，學長是接力賽跑的最後一位跑者，他跑步的模樣真的很帥，最後也拿下第一名的寶座。那時，我的一位同班同學說她跟會長的朋友很熟，她打算去找一下那位學姐，便找我一起去操場上找他們班級的位置。我當然就跟著去了。」

竟然在初戀對象面前分享初戀愛情故事。我以為會很尷尬又陌生，但那天的記憶猶新，我便繼續講述我的故事。

「那位跟我同學很熟的學姐熱情地上前迎接我們，而一旁就是那位學生會長。學姐也注意到他了，便將我們兩個介紹給那位學長。」

「打聲招呼啊。這是我的學妹金珍雅，旁邊是她的朋友韓珠浩。」

「哦？哈囉，很高興見到妳們，既然跟我的朋友這麼要好，那我們也好好相處吧！」

「雖然這種話只是說說而已，但我便開始覺得，果然人家學生會長不是白當的。」

「因為他看起來很有風度？」

「大概是吧……？」

「後來他暫時離開了原位。而過了一會兒，他拿來了兩瓶飲料，分別遞給了我跟我朋友。」

「剛好剩這兩瓶，給妳們喝吧。」

「我到現在還記得，是瓶檸檬汽水。我還把空罐子帶回家擺了好一陣子，直到被媽媽拿去裝了香油。」

「真的啊？太可惜了吧？哈哈，所以香油瓶還留著嗎？」

這是他本人的故事耶，他卻什麼都不記得地開懷大笑，並隨著我的初戀故事盡情提問。

「呃，在搬家的時候丟掉了啦……」

「所以，您就因此對他產生好感了嗎？」

「對，算是吧？還滿搞笑的吧？檸檬汽水。就因為區區一瓶飲料而喜歡上別人。準確來說，我從他送飲料的舉動裡面，看見了那個人的體貼，然後，想以那位又帥氣又有前輩架式的學生會長作為榜樣。所以才喜歡上他的吧。」

「哎呀，才沒有咧！我反而覺得很精采呀～這不就是所謂的一見鍾情嗎？那你們之後有走得越來越近嗎？」

「唉，謝謝您能這麼說……雖然仔細算起來，在那之前我也已經大概知道他是何方神聖，所以，應該說二見、三見鍾情嗎？哈哈。」聽到我語帶玩笑的回答，他爽朗地笑了幾聲，接著隔著中間的桌子向前傾身，拉近了我們彼此之間的距離，像是等我的後話似的。他越來越靠近後，空氣變得稀薄溫熱，我們用相似的節奏呼吸，在談話間吸吐吸吐、交換著彼此的空氣。

「嗯，該怎麼解釋呢。我們的關係大概就是，頂多認得彼此的臉，然後若在走廊上巧遇的話，我會以後輩之姿主動先打招呼、的程度？接著，轉眼間就來到了那位學長的畢業典禮。」

那時我已經默默喜歡他半年多了，於是開始覺得，是時候向他表達我的心意，再想著，反正是畢業典禮，應該沒什麼好奇怪吧？

「到了畢業典禮當天，我在那學長的抽屜裡放了巧克力、附上一張告白的紙條。」

「那麼，可以說您是從那時開始喜歡巧克力的嗎？您對巧克力的愛，真是『歷史悠久』呀。」

「嗯？是，是啊。是這麼說的嗎……？哈哈。

「但是，我可能太緊張了。我竟然沒署名，只留下了紙條跟巧克力，回家後才突然想起來。真不知道我那時候在家哭了多久，但是也沒機會可以再送一次，所以我的第一次告白就這樣無言地落幕了。」

學長，我喜歡你。

祝你今天畢業快樂。一年後，我一定要和你上同一所高中。

我也會出席畢業典禮，

所以，若學長你也喜歡我的話，今天就在畢典跟我拍張合照吧！

一段寫在紙條上的告白，看不出來出自誰，而既然不知道是誰，也當然不知道該上哪找人拍照，所以那天，他終究沒有來找我合照。

「怎麼辦……都已經鼓起勇氣告白了……」

坐在我眼前的初戀情人似乎有點詫異，又隨即面露惋惜，像是要安慰當時的我一樣。

「隨時間一點一滴流逝，在少了學長的國中，我依舊繼續上下學、依舊喜歡著那位學長，並日夜期盼我能被分發到那個學長就讀的高中。」

正所謂「心誠則靈」，我後來順利地被分發到同一所學校，許久未見的學長已經上了高中二年級，且仍然是帥氣的校園風雲人物。在走廊上巧遇他時，我立刻上前打招呼。

「學長好～！」

朝思暮想的學長反露出了驚慌的表情，「嗯～」了一聲便擦身離開。確實該如此，我們只在幾年前的運動會時聊過一會兒，所以我只是走廊上眾多的後輩之一，而不是太特別的存在。

「欸嘿，那人這樣不行耶，怎麼有辦法忘記珠浩小姐的臉呢？」他半開玩笑半真心地雙手環抱胸前說道。看到他這樣的樣子，我覺得好氣又好笑，同時又很心動，我先用笑聲掩飾了我複雜的矛盾心情，並如此回道——

「是啊。怎麼能忘記呢！」這更像是對著當前的他說的。

「即使如此，我仍想跟他維持過去那種互相點頭打招呼的關係。所以我就跟著學長加入了糾察隊。」

每逢和學長一起搭班的日子，那天上學，我總會既緊張、激動又興奮。平常愛賴床的我，那天都會提早四十分鐘起床，梳理頭髮、多檢查幾次當天的容貌，再穿上剛洗好的校服、擦上香氣迷人的乳液後出門。

「我總是站在那位學長旁邊，閒暇時當然也會稍微閒聊。」

「韓珠浩？好中性的名字呀。」

當時，我常常因為名字而傷心難過，因為跟朋友們的名字比起來，我總覺得自己的名字比較不好聽，故我面帶鬱悶地回：「對呀，不怎麼樣吧？」

「不，哪會。我覺得這名字很美呀，正因爲特別，所以更讓人好奇，想知道她會是怎麼樣的人之類的，印象中我國中好像有認識一個跟妳同名同姓的人，眞神奇。」

「我難掩驚慌，而且聽了這種話，當然又很緊張悸動。加上他竟然記得我的名字，我先是感到相當開心。」

「學長，你是不是在說，某年運動會時，你的朋友智英學姐介紹給你的那個學妹呀？」

「咦，是嗎？啊智英！哦！對耶！妳怎麼知道的？該不會妳就是那個學妹吧？」

「是呀，您怎麼現在才認出來！」

我假裝鬧彆扭地說道。接著他便笑言，很高興我們可以讀同一所國中、又一起讀高中。

「是妳上高中變漂亮了啦，所以我才沒認出來。」

同在糾察隊的期間，可以留在學長身邊的時間變多，只要在一旁偷偷地望著他，我就很開心了，而且我還記住了他的每一個習慣——尷尬的時候會撓右邊脖子、轉眼間長長的頭髮變得礙事時，他習慣用左手把頭髮往後撥，而再怎麼芝麻綠豆大的小事，我也從來不見他輕忽行事。早晨我們閒聊的話題應該雜亂到他記不得，我卻能一直帶著它們到晚上睡前，反覆咀嚼那些內容，結束那一天。我很喜歡那些日子，那些早晨裡，能夠近距離看到喜歡的人，在清爽和煦的風中相談甚歡，而那些夜晚，我還可以細細回味著早晨時光。

「然而，這就是全部了，學長只待到高二結束就退隊了。我升上高二後，我的教室跟那位學長的教室在同一層樓，然而，以前在走廊巧遇時，總會親切地問我有沒有吃飯的他，不知道是不是因為上了高三，光是打招呼也面露疲態，而僅是微微瞇眼笑，便走回了教室。我很難過，我難過不是因為我不再能跟他說上話，而是他洩氣的樣子令我痛苦。大概是因為高三課業壓力比較大吧……」

眼前的他，不知怎的神情逐漸怪異，但仍繼續聽著我講故事。

「又到畢業典禮了。我想著這次一定要成功，於是又留了一封信。因為若是再錯過這次機會，總覺得我會後悔。」

學長，祝你畢業快樂。

聽說你考上了理想的大學！

我一定、一定會努力考上同一所大學的！

還有，我很喜歡你。這句話到今天終於能說出口了。

如果學長也喜歡我的話，請聯絡我吧。

09XX-XXX-XXX

韓珠浩 留～

「這次，電話也留了、名字也寫了，上次的失誤沒有再犯。但在那以後，學長沒有來聯絡我，我也沒再聽到他的其他消息。就這樣，上了高三，我心中還是念著學長，直到上了大學，自己也談了場戀愛，時間流逝，接著就來到今天了。」

我人生中第一場暗戀。故事一結束後，我們之間突然陷入了沉默。我只好無故地瞧了瞧敏雄先生的臉色，他看起來正在思索些什麼。

「請問……您今年三十二歲嗎？」

似是猜測到什麼，他待故事結束後，立刻開口問道。

「……是的。」

「那麼冒昧請問，您是讀西城國中跟寶吉高中的嗎？」

「……是的。」

「那位學生會長，難道是叫宣敏雄嗎？」

「……是的。」

故事的結尾，是我面前的這個人意識到自己是故事的主角了。

「所以，當時的韓珠浩就是此刻在我面前的這個韓珠浩嗎？」

「……是的。」

他的表情一臉不可置信，接著說道：

「我第一次來的時候，您就認出我了嗎？不不，上次您就知道學生時代的那個他是我本人了嗎？」

「是啊，當然，為什麼會不知道呢。」我說。怎麼可能會不知道。

「那您怎麼沒說出口？這下我多尷尬呀，竟然跟自己的學妹掏心掏肺分享分手的故事，這也就算了，自己還是人家的初戀情人，真是不該講的話都講了……」

「畢竟是我的初戀對象要講故事嘛，所以我也很想聽看看，無論內容是什麼……」我坦率地承認，或許是過於直言不諱，聽到以後，震懾的他什麼話也說不上來。

「不、不是……那……可是……唉……」

「先等一下，那您為什麼看到我的紙條後沒有來聯繫我呢？您知道我有多傷心嗎？」

他稍微深思熟慮後，開口說明了事情的來龍去脈。

「啊，那是因為……其實我把那張紙條搞丟了，就算我有心要聯絡，也別無他法。啊，然後高三的時候確實很辛苦，課業繁重，所以才會連在走廊上都擺出那麼疲倦的神情……」

看他略帶歉意，我擺手示意自己現在已經沒事了。

「但是您是從哪個瞬間聽出來我是您以前認識的韓珠浩呢？」

「從提到糾察隊開始，聽您講一講也覺得這個名字好像在哪裡聽過，然後又提到高三送紙條……就更確定了吧，應該。」

「啊，原來如此啊。」

話畢，我們似乎有些尷尬，扭扭捏捏、不知所措，他於是又沒來由地玩弄巧克力的包裝紙，而我則是凝望著熱氣騰騰的牛奶杯。

「那您記得國中畢業典禮的那張紙條嗎？」雖然我也很難為情，但還是打著如意算盤，想趁現在釐清待解之謎，所以我把我所有好奇的事情全——部都問出口了。

他抓了抓頭，坦白自己其實收了不少張情書，所以現在沒什麼印象，但依稀記得有一張紙條上確實沒有留電話號碼跟名字，當時的自己看了也是會心一笑之類的。

「啊——是說以前很夯是吧？」

「啊，不、不是這個意思啦……對不起，如果那時候知道是您寫的……」

「如果那時候知道……事情會變得不一樣嗎？」對著想就此矇混過關的他，我含糊地自言自語說道。直到意識到尷尬的空氣凝結，我才再次開口。

「啊，您其實可以對我說平語。」我稍微看了看眼色後開口提議，想著改個稱呼、換講平語可能好些。

「哦、哦……好呀……妳也不用說敬語了。」

對此，我回應說，再等過段時間，我便會自然而然說平語，接著我面帶好奇的表情單刀直入地說——

「那，您忘記她了嗎？」

他形色倉皇，用著沒說服力的語氣說道：「當然，都是過去式了。」接著裝作泰然自若地尬笑幾聲。

為了打破空氣安靜又尷尬的氣流，他隨便提了個問題，試圖轉換氣氛。

「上次，妳說巧克力店的名字是取自於法語嗎？Sarang de Chocolate，那法語的愛情怎麼說呢？巧克力應該就一樣是 chocolate 吧？」

「巧克力的法文是 chocolat，要發 sho・ko・la。」

「然後，是 Je t'aime……」我刻意將目光投向他，雖然有些不自然，但這是我最有力的間接告白了。

「哦……哦？」

「法文的愛是 Je t'aime。」

被我的眼神嚇了一跳，他結結巴巴地表示：「啊……原來如此。」

「話說回來，在世上，不是多多少少會遇到翻譯轉換的問題嗎？某個詞在另一個語言裡找不到相應的詞，翻了也詞不達意之類的。但是『愛情』這個詞，好像不管用哪國語言來表達，都一樣瀟灑帥氣、令人悸動。這是因為世界上所有人都能體感到『愛』，所以每種語言都會有這個字吧？」

聽完我的見解，他又略帶驚慌，接著用「聽起來滿有道理」的表情對我的主張表示共鳴。

「究竟世上的人們，是因為認識『愛』這個字，才知道何為相愛，還是該說人們是先體會到『愛』，才創造了這個字詞呢？」

「嗯……我也沒想過呢。應該是『愛情』這個詞為人們定義了那曖昧不明的感受吧？」

那麼，即使到現在，我依舊能確信，無論是先有雞還先有蛋，我都可以肯定地說，我對他的愛意仍存在。

「學長，您想喝牛奶嗎？這杯挺好喝的。」

見他只喝了熱開水，我將我喝過的馬克杯遞給了他。

「哇，還是溫溫熱熱的耶，好喝。」

他毫無猶豫地接過我喝過的杯子，嘴對嘴喝下裡頭的牛奶。這好像在跟他間接接吻一樣，而我如少女般臉紅羞澀，時不時盯著地板、又望向天花板，年過三十的我，到了今天才知道，間接接吻也足以讓人像個孩子一般悸動。

「不過，妳怎麼會想要當手工巧克力師傅呀？妳本來就喜歡巧克力嗎？」

「吃了巧克力心情會變好，據說是因為它會促進一種叫做苯乙胺醇的物質分泌，這種物質，也會有助於對異性產生好感。所以說，巧克力感覺像是個愛情的靈丹妙藥？」

據科學研究證明，愛情的有效期限只有三年，而為了防止苯乙胺醇這種物質在三年後耗盡，我大概會一直持續製作愛情的萬靈丹巧克力。一邊說著，我的腦中又掠過這個念頭──「我一定喜歡過你」。

就算有點害羞，我還是把該說的說完了。最後雙頰泛起紅暈，像是入初冬時，晚秋尚未凋謝的紅楓染紅了我的臉頰。看我臉紅，他偷偷地笑了。

「您要吃巧克力嗎？這是昨天做的。」

昨晚，我做了熱銷品項的巧克力薄脆餅（Bark Chocolate）。先將可可果磨碎，按照大小分類、挑掉雜質或品質不佳的豆，接著進行烘焙，待殼體剝落、只留可可脆粒，之後放入可可磨豆機，就能研磨（Grinding）出接近液態的可可膏。然後擺到昨天，我才將精磨好的可可膏添加砂糖，再來進行調溫工作，找到巧克力適當的質地和味道。

接著，將作業完成的巧克力，倒入事前備妥的長方形模具中冷卻一段時間，在上方擺上乾燥草莓、葵花籽等堅果類點綴，再以寫字（Lettering）的環節收尾，一路反覆融化、冷卻凝固後，巧克力棒（Chocolate bar）終於大功告成。我像是要拿給他炫耀一番，在他面前展示了巨大的巧克力棒，接下來將其折成兩半，一半給他，一半留給我自己。

「哇，妳真的好厲害喔。連這種都做得出來，竟然還用英文拼了巧克力哦？要刻成這樣應該不簡單吧……但妳今天會不會招待太多巧克力了呀？我拿這麼多沒關係嗎？」

「哎呀，當然是我想給才送您的啦。反正這就是我的工作呀，Chocolati，巧克力師傅的工作。」

「啊，製作巧克力的師傅原來是叫 Chocolati 啊，好帥哦妳。」

我們將其剝成兩半、一起共享了一條巧克力棒，我手裡的那一半寫著CHOCO，遞給他的那一半則寫著 LATE，雖然他沒有察覺，但這是我小小的復仇，雖然想噘嘴大聲追問他為什麼這麼晚才認出我，但我只能耍這種小心機，像是給他一個藏有暗號的機密文書一樣。

「但是，若妳老是這樣免費招待巧克力給來諮商的客人們，那你們店鋪不會破產嗎？哈哈。」他調皮地問道，而我笑著回答：

「沒關係的，我們都已經經營這麼多年了，我們這樣可以培養出所謂的『顧客忠誠度』，來了第一次，那些來諮商的人又會回訪，接著因為巧克力好吃而來第三次、第四次，一再回訪。心態上，我不是單純地接待『客人』，而是聽了他們的愛情故事，接著像是等朋友來找我一樣，懷著喜悅的心情迎接他們。通常來說，人們會對初次見面、還有再也不會見到的人，更真情流露地表達內心，所以客人們才都會願意跟我聊聊自己的故事吧。而有些時候，他們又會為了講述新的愛情故事而再次登門拜訪，或是在成功得到愛情後來探望我。這些，都很有趣……您看看，您不是也二度拜訪這裡了嗎？無論是出於哪種原因。」

圍繞著「顧客忠誠度」這個生硬尷尬的用語，兩人對視後噗哧一笑，不過，不同的是，他的眼神似是別有深意。

剎那間，我感受到諮商專業術語中的「投契（rapport）」形成了，雖然為了增進諮商人和被諮詢人之間的溝通，這是相當經常出現的關係，但對我而言意義非凡。在對話與對話間的縫隙中，我們會集中傾聽對方的話，並相互給予關心和同理，過程中聽眾的點頭示意、偶爾給予安慰的神情，能促進積極正向的思維。最終，雙方形成一種協和，在一樣的空氣中觸及相通的情感，如無意識間，桌子與椅子的距離已逐漸縮小，從這裡能察覺兩人逐步互相牽引、心靈同步。

在店內晃了一圈後，他突然像是有什麼新發現一般，好奇地問道：

「妳還去考了心理諮商的資格證嗎？」

「那當然！我可是有證照的心理諮商師呢！」我自豪地說道，一邊沿著他的視線方向，指向掛在一側牆壁上的心理諮商師資格證。

「哇，我讀大學的時候，也有修過心理學的通識課耶，這樣我們又多一個共通點了！」

找到一個共同的話題之後，他像是尋找寶物遊戲中，發現最大寶藏的孩子般燦笑，並擺出以我為榮的神情。一面吃著巧克力、一邊閒聊了一會兒後，他正準備收拾離去，接著又突然看著牆壁的某處——一個如公布欄一般的背板，上頭密密麻麻貼滿了紙條，他的視線停留在某一張字條許久。

「是何其愚蠢、竟思念、從未得到過的愛情。」那是我在他上次離開後寫下的短語，而現在的他，正將其斷句，低聲而口齒清晰地朗讀出聲。

「這都是誰寫的呀？」

「啊就，是我寫的。客人們離開後，我會把一些如靈感浮現的句子，簡短地記於便利貼後貼在牆上，期待有人能同理類似的情感、產生共鳴。」

「那這是什麼時候寫的？」

「不、不知道耶，我不記得了。」寫下那段話前，我回顧起了過去單戀時，那些委屈、難過與悸動共存的記憶。見到面後才意識到，當時暗戀他的人是我、獨自思念的人也是我、無謂抱著期待的人也是我，要承認這些實是有點羞愧，所以我說了個小謊。

「就是，一個有暗戀對象的客人，時隔許久與暗戀的對象重逢了，回想過去後才發現，當初的所有感情跟情緒都只屬於自己。她時常想著究竟再見到他會怎麼樣，結果即使時間流逝，如今感到心動的人還是只有她自己，所以我就以『唉原來如此』的心態留下了這段話。」

他直盯盯地凝視著我，接著淡淡地帶過了幾句話，最後用幾句寒暄道別。

「究竟那些行為真的愚蠢嗎？對方應該會心懷感激吧……啊，時間已經這麼晚啦，我該走了，今天見到妳很高興。」

耳中傳來那低吟，儘管我內心還想再追問下去，但是光聽那後半句，我已經心動得小鹿亂撞。好喜歡那句話。只是句道別的招呼語，也能使我心跳加速。我們竟能暢聊到不知時間是如何過去的，真好。像是為了留住他，我問道——

「您還會再來吧？來吃巧克力。」

他陷入一番思索後，正視著我的臉說道：

「嗯，我會再來的，直到吃遍店裡所有口味。」

他留下「我會再傳簡訊聯絡妳」一句話後，並跟隨著「噹啷」的聲響離開了商店。

謝謝他，
出現在我的世界裡，
謝謝他，
使我對愛上他的自己滿懷感激，
那樣的存在，
在我的人生中餘留韻致。

Sarang de Chocolate

巧克力禮盒

向他表明他是我的初戀後，有好一陣子，我呆愣愣地望向窗外。見狀，宰賢畏畏縮縮地走過來說道：

「上次那位來找您諮商的……佑、佑汀小姐呀，您對她還有印象嗎？」

「啊……看來終究是告白了。」我想。

「呃，嗯，當然囉。怎麼了嗎……？」

我假裝佑汀小姐在諮商中並未提及宰賢，而裝作不知情地反問。

「啊，那位小姐對我表白了。上次下班回家的路上遇到的時候。」

據說，她在諮商時間結束後，又在店裡等待宰賢收拾完畢，才鼓起勇氣表明自己的心意。

「您好。我是這裡的常客，不曉得您對我有沒有印象呢？」

「啊，您好。當然有印象，您很常來我們店裡嘛，剛才也有來過一趟……不過，請問有什麼事情嗎？」

「這個送給您，我在附近那家糖果店買的。送巧克力店店員糖果，好像有點不好意思，哈哈……」

「啊，好的，謝謝您。不過爲什麼要送這個……？」

「只是看到糖果時，想起了您，您是宰、宰賢先生對吧？比起您熟悉的巧克力，我比較想在您的心中成爲像糖果一般的存在，有點陌生、但又不失甜蜜。啊……這話說起來還眞是有點難爲情呢……」

「收下那包糖果後，我只是直愣愣地望著那位小姐。」

「啊，啊……那、那麼……」

「我喜歡您，宰賢先生。也因此我才這麼常來這家店。要是我的牙齒蛀光了，您可要對我負責喲！眞是的。啊，不過確實是因爲你們家的巧克力很好吃我才會一直回訪啦。只要去你們店裡，我就覺得很開心，於是時常拜訪……」

「眞是抱歉，啊……我竟然沒有想到……不過，目前我有點難接受您的告白。」

「啊……那，您可以收下我的心意就好了嗎？」

「那、那個……」

「收到那包糖果時，依稀覺得有點過意不去，所以我不得不拒絕她的告白。於是我又將那包禮物交還給她。雖然我不知道準確的問題點，但總感覺我不應該草率地收下心意，何況是一位我連名字都不知道的店內顧客。」

「但還是歡迎您經常光顧我們巧克力專賣店。要是因爲我，店裡失去了一名常客，老闆會找我算帳的。我呀，以後會多多給您優惠的。」

這是宰賢自我評估下，最親切的回覆了——多多招待客人免費巧克力。

聽聞這份關照，佑汀小姐也不禁哈哈大笑起來。

「啊，不用啦。那這糖果，您還是收下吧。我很想送上我的心意……還有，我怎麼可能有辦法告白後再去您所在的店鋪啦，好尷尬啊。還有，請您幫我跟你們老闆說聲謝謝。都是託她的福，我才得以鼓起勇氣表白。」

「謝謝您跟我表白。您還不夠認識我，我其實爲人不怎麼樣啦。祝福您能夠找到更適合的對象。」

佑汀小姐「嘻」了一聲，似是連最後一句話都令人心動不已，她燦爛地笑了笑，並跟宰賢握了握手。她留給宰賢最後一句話後，便轉身離去——

「就算別人的眼裡覺得不怎麼樣，我都喜歡。」

宰賢拒絕了她的告白。他總覺得哪裡有點不對勁、又覺得有些抱歉，帶著這種心情，回到家後，一口吃下袋中的糖果，嘴裡迸發熟悉又甜美的味道。不過他補充，他覺得比起糖果，自己還是更喜歡巧克力多一點。

「怎麼不交往看看？看來你另有喜歡的人啊？」

「哎呀，哪有可能。不是的，只是覺得，有點這樣那樣啦。」

「說什麼啦～哪個怎樣啦～事有蹊蹺。要換你來諮商室聊聊嗎？」看著我用煩人的表情打破砂鍋問到底，宰賢揮舞雙手、趕緊逃去了廁所。

待宰賢從廁所回來，我又繼續捉弄他一番。時間漸漸過去，我終於停止調皮，找回了沉穩的狀態。就在那時，有一位女子走向了商店，不知她在沉思些什麼，步伐溫吞沉重，好像乾空氣中僅存的水分都被她吸走了一樣。宰賢熱情地上前迎接她，並將她引導至店內。她一邊道感謝，一邊面帶猶豫，小心翼翼地點了杯熱呼呼的摩卡。

接著，她像是在尋找什麼似的在店裡遊走。仔細閱讀了收銀臺旁邊的單戀諮詢室簡介，她突然肯定地說道：「我也要嘗試這個！」

「有些人好像很享受單戀他人的感覺，我真的無法理解！我只覺得很痛苦，我已經不想再暗戀別人了。於是！我決定要在這裡把我的故事全部說出來，然後打算在今天作個了斷！」

她甫坐下便語出驚人，好似已經隱忍許久。名叫鄭藝夏，她的暗戀對象，是一起在行銷部門工作的職場上司。她表示自己心有不甘，先嚷著「要是我們在其他場合相識，我早就告白了，為什麼偏偏我喜歡的人是公司同事」，接著開始描述自己的故事。

「他是我的前主管，所以雖然我們現在所屬的部門不同，我們還是得以走得很近。該說是在挨罵間變得更熟嗎？他比我大三歲，在我眼裡，他的一舉一動都很討人喜歡，他一次又一次親切地指導我，在我犯錯時，還懂得如何不傷人地指出我的錯誤，並且鼓勵我下次好好表現。」

「他知情嗎？他知道您喜歡他嗎？」

「不知道吧。應該不會知道。而且我也沒有跟任何人說過，他可能以為我們只是比較熟的前後輩關係吧。」

她說，他看起來對自己不感興趣。

「我們經常有聚餐，一整個部門一起約的那種，儘管那沒有強制參加，但想著他也有可能會出席，我都固定會參與。即使不是單獨吃飯，我還是想把握有他在的場合，體驗共進晚餐。但是他從不出席聚餐，每次都希望落空。啊，這個人根本沒有特別在意我，他不會因為『聚餐』、『可以遇到我』的種種可能性，而出席這種場合啊，啊，是這親近的前後輩關係、還有他親切的模樣，讓我自作多情了啊。

「對他來說，我的存在應該不算什麼吧？他的眼裡根本沒有我吧……為了我喜歡的人，我錯過了那些喜歡我的人，不覺得很好笑嗎？我自己在愛情裡獲得的傷害有多大，我就加諸了多少傷害到別人身上。愛情真的很難，我已經數次以我另有意中人的理由，多次拒絕了其他人的表白。」

她說，現在光是在街上看到情侶，她都覺得很神奇、也很羨慕。「我喜歡他、他也喜歡我」——這一切沒有那麼理所當然。

「現在的我不知道該怎麼辦才好。過去的我，一直因為過於謹慎而不敢表白，但在未來，我看到這樣的自己，想必會覺得很生氣又懊悔。我到底該怎麼辦才好呢？我現在真的無能為力……」

話畢，我只能用幾聲苦笑撫慰她。

「有一次，他借我一本書。」她低聲嘆了口氣說道。似是看到我身旁矮櫃上的兩三本書聯想到的。

「那是一本與業務相關的隨筆集，也就是我會需要的書。書裡，有那個人畫下的一條條深黑色底線，像是在與我對話一般，使我邊讀邊想著『啊，他是在這個部分被觸動了啊』。好像是在跟一個先讀過這本書的人生前輩交流的感覺？總之，我覺得是一種享受。

「那之後，只要我跟他借書，他仍是毫不猶豫地借給我。那個人讀了很多書，而我也想要跟他共享那些透過閱讀產生的想法和感受，再以回報他的好意為藉口，創造機會請他喝咖啡、共度更多時光。

「從此以後，我自己買書來讀時，也習慣針對一些感動的、有趣的、或是想特別記住的段落畫下底線。也就是說，我因為他養成了一個新的習慣……每讀完一本書後，再從頭到尾翻閱一番，看見自己到底在書中畫了多少底線……若是能與他共度一生，我人生的每個瞬間應該都有深深的底線吧？」

她講述著與他相處的往事，心情也越來越激動。待她講話時飛舞的口沫逐漸降落、心情也緩緩冷靜下來，她又突然開口。

「啊，我真的好想他喔，邊說又邊想念了。

「對我而言呀，單戀真是太痛苦了，到底是誰說暗戀既悸動又迷人的？我超討厭的，可能是因為我太喜歡他了吧，本來越愛的人就越討人厭，因為更愛、更在乎。

「當我太思念他時，我便會反覆閱讀我們兩個之間訊息來往的對話內容，並不自覺地在聊天室數十次地寫下『我好想你』，跟他的名字『劉正河』。然後，某次輸入他的名字的瞬間，我竟不由自主地按下了傳送鍵，這當然，是我的失誤。

「這下出大事了，我不知如何是好，一方面也很開心。啊，是不是這個世界要給我這個膽小鬼一點機會之類的。」

「劉正河」

「想當然耳，我又趕緊補傳了『前輩』二字。」

「前輩」

「哦？有什麼事嗎？最近過得如何？」

「那是在他換部門以後我傳的第一則訊息。我們閒聊幾句後，他說道——」

「明天在公司樓下喝杯咖啡吧。來看看我培養出來的小子過得怎麼樣。」

「我緊張極了。雖然他只是以前輩的身分講話，但，他主動邀我喝咖啡耶。」

「那個，我要一杯熱美式，謝謝。妳要喝什麼？妳也喜歡喝美式嗎？」

「沒有耶。請給我一杯香草拿鐵。」

「啊，妳不喜歡喝太苦的咖啡嗎？」

「是呀。我不太喝苦的飲料，所以我們每次約咖啡廳的時候，我都只點香草拿鐵呀。」

「啊？有這回事嗎？」

「前輩他一臉傻乎乎、搞不清楚狀況，接著微帶著歉意搔了搔頭。我記住了他所說的每一句話，但是他卻不記得任何關於我的事情。

「但，好笑的是，我又心生了別的念頭，如果連現在我說的話，他也都左耳進右耳出的話，那我要不要乾脆趁隙直接告白算了？不過這種事情當然沒有發生，而那天，我的心意又繼續藏在心底、沒有被察覺，鬱悶極了。」

「在那之後呢？你們沒有再見過面嗎？」我露出惋惜的表情問道。講完故事的藝夏小姐點頭說是，接著忍著嗚咽低下了頭。

「如果我沒有喜歡上他……或甚至早知當初，我們沒有認識彼此的話，我也不可能喜歡上他。為什麼要出現在我的面前，不，為何偏偏是以一個前輩的身分……」

彷彿是在為她的難過之情發聲，門外，吸飽冷空氣的初雪飛飛揚揚，自天空簌簌撒落。

「哇，是今年的初雪耶。」

「真的耶。明明我是為了放下感情而來，結果竟然遇上初雪。……春天有春天的悸動，而冬日也有專屬冬天的情調呀，都不顧我的心情……」

同感惋惜的我，平靜地將她的感情一一收入眼底，並注意到了她那黃澄澄的手機殼。我拿出了一個四格巧克力禮盒——那盒子與她的手機殼顏色相似，基底是深黃色，外面有深褐色鑲邊，以及收尾固定用的白色蝴蝶結，我將其遞給藝夏小姐後說道：

「您要不要把這個巧克力禮盒送給那個人呢？雖然您從來沒有開口告白過，但或許可以嘗試表明自己單戀的心意？一邊遞給他這個禮盒，一邊說，您曾經這麼愛過他，之類的。」

她露出吃驚的表情回道：

「我連告白都沒告白過，卻要我嘗試向他表明我單戀他的心意？」

「客人們在此講起各自的單戀故事，我卻很少遇到像您這麼剛強的人。我覺得您一定做得到耶？既然有勇氣放下單戀，想必也有告白的膽識吧？」

巧克力禮盒非常精美，內裝有四顆五顏六色的巧克力，盒子甚至可以留著當小小的收納盒。

「人們看到某個物件時，常會勾起特定的回憶嘛——像是陳年卡帶裡收錄著兒時記憶、校服盛載了那些萌芽、茁壯再綻放的學生時代回憶。我希望，每當對方打開禮盒、吃下一顆顆巧克力時，能回想起過去的自己。雖然愛情沒能實現令人遺憾，但那曾經的悸動，也是甜美的呀。再者，如果收禮的他把盒子收進抽屜、或擺在桌上重複利用的話，也能期待他時不時再多念起送

6 初雪的日子對韓國人別具意義，故韓國有許多關於初雪的迷信，包含「初雪當天告白一定會成功」、「許的願望都能實現」等。

禮人一次……？」

「我、我真的要去告白嗎？」

我笑容可掬地大力點頭，並為她加油打氣。

「只要您有信心不後悔的話！唯有當下的自己竭盡所能，才不會對不起未來的自己嘛。」

見灰濛的天，

望鬆軟的雪，

還有你那些尋常之舉，

我總能逕自賦予意義。

論你的語言啊，

我還是個文盲。

Sarang de Chocolate

作為嘉獎的巧克力

我在意料之外的瞬間表明了暗戀他的心意。其實，人生嘗試過一次也不賴，也或許是因為如此，我才會鼓勵客人勇往直前。就當作我的選擇是正確的吧，都過了十年了，竟然還能見面，無論後續會如何，我該覺得心滿意足了——我這麼想著。

我靜靜地躺在床上許久。不知不覺間，填滿窗戶的白雲藍天，已換成高掛的明月在漆黑的夜裡照耀著我。輾轉難眠期間，那些浮現的雜念懸在頭頂的天花板上——結果我就這麼熬夜到天明了。

今天的第一位客人敏英，是這家店的忠實顧客之一，也是宰賢的多年好友，前陣子宰賢請長假去國外旅遊時，還是她暫時代替他的位置，來店裡幫忙的，所以我們頗為親近，那之後她也來找過我幾次。

「珠浩姐姐，我又來了！」

「哦？妳來啦！」

「妳怎麼又來啦？巧克力吃多了會蛀牙哦。」

「你這是身為巧克力店店員該說的話嗎！嗯？」

面對兩位好友之間的胡鬧，身為老闆的我先以開玩笑的語氣唸了宰賢，再上前迎接敏英。那天，敏英不知是不是因為太久沒見到我，拉著我說要到諮商室裡談談心。

「我們老闆很忙，妳不要黏著人家，趕快走啦～」敏英瞪了宰賢一眼，笑著說：「我要跟珠浩姐聊天～」接著坐進了諮商室裡。

「怎麼了呀，有什麼話想對我說？」

看著敏英的表情別有深意，我試探性地開啟了話題。

「沒什麼啦。就只是……」

我為她準備了偏淡的咖啡。她喝下一口後，深深吸了一口氣，待自己作好心理準備後，開口娓娓道來。

她說她喜歡我們家那成熟穩重的店員，並煩惱不知道該如何處理從高中維繫至今的友情。從她常常到訪我們店，以及她對待宰賢的態度來看的話，這並不算是太令人意外的消息，所以我也不是特別吃驚。再回想起佑汀小姐的事，我這才意識到，當時覺得「感覺不對」的主因正是她，並想起那時見宰賢回絕告白，我所說的玩笑話也並非完全不符合事實。

「從什麼時候開始的呢？」

「我也說不上來。不知不覺就喜歡上他了，總覺得他在身邊時比較有意思，想到要見到他，就會開始期待去學校，就算是去討人厭的自習室也很開心。後來，即使我們上了不同的大學，偶爾相約在家附近的咖啡廳也很幸福。

「啊，難道是快要高中畢業的時候嗎？」

敏英細細咀嚼著跟宰賢共度的那些光陰，望向天花板，接著又看著我說：

「有一次我跟宰賢見面，他竟然用左手吃飯。」

「哦……？你本來就是左撇子嗎？」

「沒有呀，妳才是左撇子。因爲跟妳吃飯時老是撞到，所以我決定，和妳吃東西的時候要用左手吃。」

「他說，他是為了我改成左撇子，只因為擔心我跟他共餐時會不方便。」

「你怎麼練習用左手吃飯的啊？」

「不過是吃個飯而已，有什麼做不到的。而且聽說左右開弓的人比較聰明，所以，我現在也打算長智慧一下。」

「我大概就是被他神色自若的模樣迷住了吧……

「我每天大概至少會點進他的簡介數十次吧，開開關關看著那從來沒換過的大頭貼，這已經脫離喜歡，而比較像是在偵查人家了吧。雖然也想打開聊天室談天說地，又怕自己越陷越深，而且當要像以前一樣隨意地邀他出門玩樂時，還會覺得有點害羞。我也搞不清楚為什麼。」

她無心地攪弄著眼前的那杯咖啡，腦中想著宰賢，渾然不知自己已小心翼翼地露出了害羞的微笑，接著彷彿想起了什麼說道：

「在咖啡廳喝咖啡……我的咖啡初體驗也是跟宰賢一起經歷的呢。在我們二十歲時，我第一次喝了咖啡，跟宰賢一起。大家常說咖啡的苦澀是大人的味道，但我在乎的是，能跟宰賢兩個人在咖啡廳聊天的時光，所以我常常喝苦咖啡。不過怎麼也喝不習慣，同時意識到自己真的不喜歡喝咖啡。但因為宰賢很喜歡咖啡，所以我們經常上咖啡廳坐坐，一開始，我還會跟著宰賢練習喝咖啡的方法、並跟他點一樣的品項。到後來，咖啡的味道是越喝越習慣了，不過，偶爾一起喝咖啡時的悸動跟緊張的感覺倒是沒有少。」

敏英說，不知那是因為宰賢，還是咖啡因帶來的效果，她喜歡跟宰賢喝完咖啡後，從心臟傳來的顫動。她表示，如果宰賢對她沒有意思，那就當作是咖啡因在作祟，而如果他也喜歡她的話，就當作是因為對方而悸動，留有辯解的轉圜餘地，她很享受那些跟宰賢一起嘗過的咖啡。

「或許是他跟世間萬物都很相像吧？看到明月時想起他，看到大樹也想起他，開電腦、滑手機的每一瞬間都會想起他。不，我的人生似乎被他徹底填滿了，以美麗的形式。

他那讓人噗哧一笑的土味情話也都很有意思。」

「我想吃四顆巧克力。」

「什麼？妳說妳想跟我吃飯？」[7]

「欸禹宰賢，你的外套拖地板了。」

「什麼？妳說妳的心被我拖走了？」

「欸，我爸車子的儀表板感覺怪怪的，你來幫我想想辦法。」

「什麼？妳說我一表人才？」[8]

「就算都是無心之語，他還是堅持開這種笑話。是在耍花招跟我示好嗎？他到底為什麼要這樣啊？」

「是啊，哈哈，宰賢這是在演哪一齣啊。」

我們兩人因宰賢的玩笑話而一起笑了幾聲，我又說著「不行哦，這真的要教訓教訓一下」，以安慰敏英沉悶的心情。

「看著宰賢講那些爛笑話，我甚至開始覺得他上了年紀就會變成終日玩老梗的大叔，接著又開始想像，要是跟著這種愛講大叔笑話的宰賢一起變老，似乎會有許多平凡中的快樂之類的……不知不覺，我描繪起跟他共度的未來……」

在暗戀對象的未來裡，悄悄地加入了自己啊……敏英的過去、現在，和未來裡總是有宰賢，以朋友的角色、以暗戀對象的身分，乃至以其他形式存在。

我靜靜地聽著敏英一字一句。不過我們兩個也是久違地見面，除了談感

7取「四顆」(ne-al) 跟「真的」(re-al) 雙關。

8此採意譯，作者取儀表板 (dae-si-bo-deu) 跟追求 (dae-si-ha-da) 雙關。

情事，還聊了一些其他話題，包含最近有什麼好看的電影、要不要一起去看之類的碎語。

「我想當一次科幻電影的主角耶。」

「突然說這什麼話？」

「因為對我而言，愛情也像科幻世界裡的存在，從未在現實中發生。男朋友也是。男朋友是外星人嗎？為什麼從來沒有出現過呢？」

她至今還在等待那位單戀對象，而沒有實際談過戀愛。

「妳是希望那個外星人是宰賢嗎？」聽到敏英充滿想像力的話語，我嬉笑地問道。

「嗯哼！那他應該會是世界上最帥的外星人吧？」

「妳說得是。」我一邊回憶起平時他們倆同框相處時有多麼融洽和諧，接著問道：

「難道宰賢真的從來沒有對妳動過真感情嗎？」

「是的。他說他打死都沒有。周圍朋友們問起時，他都這麼回答，就算自己壽命將盡也是。那個壞蛋。珠浩姐妳上次問他的時候，他也是這麼說的吧，說我們是各自結婚後還會當朋友的關係。」

自己的單戀之情，在另一方看來只是長長久久的友情。敏英深深的嘆息甚至吹拂到桌子對面的邊角，代她吐露單戀的苦澀。

「我一個人在家的時候，很容易覺得無聊又孤單，而當我開始思索自己想要出去見誰時，想一想總是會想到他。」

打破沉默的話語，仍是在說自己有多想念心上人。

「每次逛街，我都會東張西望看看他會不會在附近。感覺，有喜歡的人的時候，人的視野會跟著變寬，總是用靈魂之窗去尋找他的蹤跡。有一次，還真的偶然在路上看見他，我的瞳孔便立刻瞪大地向宰賢奔去了。」

敏英突然直視我的眼睛，以接近自問自答的語氣說道：

「小孩學會自己吃飯、自己走路，再學會自己穿衣服時，總會獲得讚揚。難道說長大後就沒有這種待遇嗎？我也還是個孩子啊……最近看到挑戰獨自吃飯'的人，也會被稱讚勇氣可嘉，那為何唯獨單戀是愚蠢的呢？」

就像是個剛學會用筷子的孩子，正在盼望父母的稱讚一樣，敏英望向我，眼神裡帶有悲傷。

「讓我來稱讚妳吧。妳已經很棒了，來，送妳巧克力當獎勵。」我趕緊遞上紫羅蘭巧克力，並笑著說道。紫羅蘭的花語是「甜蜜的初戀回憶」，使其的紫色顯得更加芬芳。聞著那塊巧克力中隱約散發出淡淡的紫羅蘭香味，敏英也以微笑作為回禮。

「哈哈，突然覺得自己好像真的成了孩子。我是真的在做值得稱讚的事情吧？」

「趁這次機會，還該順便摸摸妳的頭了。」

敏英笑了笑，小心翼翼地吃下巧克力，待其在嘴裡化開後說道：

「這裡的巧克力真好吃。」

「那是當然，肯定要好吃的呀。為了製作這小小的巧克力，過程可有多麼繁複呢……哎呀，別提了，累人呀……」

「知～我當然知道～了解製作的工序後，吃起來更好吃了。融化、再冷卻凝固……」

融化巧克力後，再將其凝固——就說這是打造巧克力的必要過程吧，而我的心也會因那個人反覆融化又凝固，那為什麼我只嘗到無用的苦澀呢？為什麼總是要在觸動我的心之後，又一再讓我難受？他到底為何要這樣對我呢？不，該問的是，為什麼對方這麼令我疲憊，我卻還是癡癡著迷呢？

「真讓人混亂。不，還是其實根本沒有讓人混淆的空間？」敏英仔細端詳了巧克力的外包裝，突然默默丟了幾句自言自語。

「妳是因為愛情而感到傷心嗎？」

「是，呃，不對。追根究柢來說，應該是因為愛不到，所以更加令人痛心……真的啊。但我怕告白以後，我們的關係將再也無法維繫……我喜歡他，他卻不知道我愛過他，明明故事的主角就是他，他卻全然不知情。」

9 韓國傳統社會看重聚餐與共餐文化，韓式料理也大多以兩人份以上出餐，直到近年才逐漸發展出一人份料理的餐廳，滿足上班族、租屋人口的需求。

「巧克力這個詞，也會根據年代跟語言，而有不同的發音嘛。有的人會按照英語的發音唸『ㄑㄩㄚ~可累』，也有的人會按照音譯唸『巧、克、力』，而據說朝鮮王朝時期，第一次將巧克力引進韓國時，它則被稱為『貯古齡糖』……那麼我呢？我的愛情會如何被那個人稱呼呢？」

「讓友情破裂的單戀？還是由朋友走向戀人的進展？究竟是什麼呢，我的愛情。」

「愛情，真是令人苦令人愁。單戀又更是如此。」

「沒錯，那個人近在眼前，吃飯、喝咖啡、一輩子以朋友的身分陪伴在我身邊，而我卻不敢表達我的心意，這處境真是淒涼。單戀，僅有其中一方愛著另一方，是一個人單方面地喜歡一個對他沒有心思的人……那又怎麼樣？成天用各式各樣的單字定義愛情有何用？為什麼他都察覺不出來呢？我的愛情……」

「……我們宰賢駒，我可是捨不得隨便交付給別人的哦，好險有妳喜歡他。如果我們家店員的交往對象是敏英的話，哦，我一定立刻答應。」

雖然對佑汀小姐有點抱歉，但我還是坦率地說出口了，畢竟，也許宰賢當時拒絕她的告白，背後的原因就是我眼前的這位小姐。

「啊～什麼啦，哈哈。姐妳不可以露餡喔！不能透漏我喜歡宰賢的事情，妳懂的吧？」

「當然沒問題！只能守護友情、在旁邊看著心愛的人，我知道妳很辛苦。當有恰當的時機出現，妳就把握機會勇往直前吧，聽到了嗎？」

敏英聽我一席話，想了片刻才說——

「嗯，好！我會試試的。」

我們聊得差不多，說話聲逐漸減少降低後，外頭傳來了客人的聲音。

「哇，聖誕節馬上就要到了耶，聽到聖誕歌曲就更興奮了。」聽著店內迴盪的背景音樂，敏英說道。

「對耶，今年也沒剩多少天了。」

「珠浩姐，好像有客人要來了，那我先走囉。今天很謝謝妳，預祝聖誕快樂！」

敏英對著我說「我下次再來找妳」，走出諮商室後再對著宰賢說：「欸我走囉！」然後邁開略顯輕快的步伐走出了商店。

「老闆，妳們剛剛在聊什麼？敏英是不是又說我壞話呀？」

「秘、密！」

我與今天諮商室的客人敏英立下了約定，為了遵守承諾，我必須保守秘密。我的話音剛落，宰賢便說著「肯定有」，接著傳了訊息給敏英，一邊自己偷偷笑出聲。

「欸，我等一下就下班了，怎麼沒等我就自己先走？家裡是不是藏了好料啊？」

折了又折，那架往你飛去的紙飛機，

又折了再折，留下了折痕。
再一次折好它後，推向天空。
它乘氣流翱翔，後來被抓住了。
紙飛機，
代表我精巧折疊的心意，
是你，緊握了它。

Chapter 5

無論情感是多是少、年紀是大是小，都是認真愛過的人生

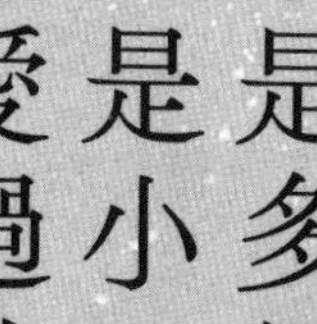

Sarang de Chocolate

空心巧克力球

冬日的陽光普照，或許是那雲朵的鬆軟，讓人忘卻了嚴寒、心也跟著軟綿綿起來。本應要夠冷才有魅力的這天，因為溫暖倒有些黯然失色。乘著節慶的氛圍，我播了聖誕歌來開啟這個早晨。

「哇，今天是聖誕節，但我根本沒什麼事要做。」

聖誕節也不算什麼吧，我只看見月曆上的紅色字體[10]，而紅色的日期再把整個世界染紅。我的一天才剛開始，但早已近正午時分。

「欸今天放假，在幹嘛？」

「除了帶小孩還能幹嘛，妳咧？」

「我就在家裡啊，一個人。那我要做什麼

才好呢？有點無聊耶。」

「誰知道，妳要自己找事做啊。啊，話說，雖然聖誕節講這個有點不合時宜，反正我也是聽別人說的啦……據說妳前男友明年一月要結婚了。沒別的意思，只是隨口跟妳提一下。」

「前男友？誰啊？」

「妳的學長啊，少說也跟你交往了五年的那位。」

「啊……」

「怎樣，聽到前男友要結婚，所以心中燃起怒火、覺得心煩又意亂嗎？」

「有什麼好生氣的，現在他對我而言，只是個什麼感情都不剩的陌生人而已。呃，祝他幸福啊。不過，這就代表，那個我覺得不滿意而分手的前男友，如今對某個人而言，是喜歡到想要結婚的好對象嘛，聽起來還眞有點悲傷。」

「喔而且，聽說他上次有經過妳的店門口、看見了妳的背影，但想一想

10在韓國，聖誕節是國定假日。

後，沒有踏進店裡就直接走了，還說看到妳留學回來後，眞的在做自己喜歡的事情，大家各自安好的樣子感覺很不錯之類的。這些是他在跟正峯聊天的時候說的啦，還說自己沒什麼別的意思，但回想當初，還是對妳有所虧欠。總之，看來他跟正峯還有在聯絡，都經過店面了，好歹也進去買個巧克力再走吧，眞是的，壞蛋。」

「買什麼巧克力，那個人應該也不喜歡吃巧克力……吧。」

「好啦好啦，妳應該沒什麼眷戀了吧？其他同學都會去婚禮，我大概是不會去，況且我根本沒收到喜帖，可能看我跟妳熟吧？總而言之，對前男友遲來的留戀或思念之類的，都等我們下次見面聊，我要先掛囉～老公說要煮好吃的給我吃，掰～啊還有！聖誕節快樂，愛妳！」

打給最要好的朋友，然後在通話中聽到前男友的結婚消息，心情有點微妙，但才不是思念。他終於遇到靈魂伴侶、然後要結婚了啊。我們是因遠距離戀愛而分手，那現在的對象是住家裡附近的人嗎？即使交往前我也真的暗戀他很久，但交往後開始大吵架時，那些「我怎麼會喜歡這個人？我到底為什麼跟他交往？」的想法還是徘徊了數十次。

不過，五年的時間，仍使我不留遺憾地成長了許多。在快要忘卻初戀時，遇見那個男人，認真愛過、也收到了那個年紀應得到的愛。單戀，大概也是可以算年資的吧，愛上初戀情人時，我會成日掛念著他，第二次就不太一樣了，在愛上他時，我早就下定決心，要用告白來終結這段暗戀，所以單戀的時間不怎麼長，大概半年左右吧。告白後，一開始那個人是以「我會再想想」的一席話代替了正面回覆，直到兩週後，他說出「我們交往吧」，這段單戀才宣告結束。想著想著，我突然想起了某次宰賢說的話。

「老闆，如果妳在店裡偶然遇到自己曾經愛過的人，妳會有什麼感覺？」

那時候我回答：「我會希望偶然經過店面的他，可以繼續路過就好。」過去的事情已經過去了，我不希望過去跟我交往過的對象，在遇見現在的我後，又跟我產生新的回憶，或是開始追究過去的是非，我只想要放下一切了。我終結了當時的單戀、並且在那時跟他成為戀人……這樣便已經足夠，而未期待我們的結局一定要是幸福的。

因此，我遠遠地在此，對那時沒有走進店裡的他表達謝意。好一陣子沉浸在往事後，我把逝去的人再次埋入回憶中，然後把自己拉回現在，仔細想——我單身的這段期間，朋友已經結了婚、生了孩子、組成溫馨和睦的家庭，朋友找到幸福是好事，但身旁沒有任何人相伴的我，不知怎地顯得格外淒涼——我只能含糊地為自己找藉口，將這份空虛感歸咎於聖誕佳節氣氛。

「聖誕節快樂。」

當我來回在手機、電視、筆電間打發休假日的時候，一個陌生的電話號碼傳來了簡訊。正當好奇是誰——

「啊，我是宣敏雄，聯絡方式是妳上次給我的名片上留的。」

我差點把手裡的電話摔到地上，稍微鎮靜心情後才用訊息回覆他。

「敏雄哥，也祝您聖誕節快樂！祝您有個美好的一天。」

「嗯，謝謝～」

在這之後就沒有其他回覆了，早知道就該問他打算怎麼過節之類的，第一次的訊息來往就在寒暄問暖之間結束了。好吧，能有這樣的進展我就該心懷感恩了。

就這麼度過了膽戰心驚的聖誕跟元旦，巧克力專賣店又重新開門營業了。

「宰賢啊，好久不見，祝你新年快快樂樂！」

「老闆，也祝您新年快樂！」

跟許久不見的宰賢打聲招呼後，我便心無旁騖地準備迎接客人。

「爺爺！爺爺要買多少巧克力給我啊？」

「我們乖孫想吃多少就買多少！」

「那想吃的我全都要買！」商店外，小孩用著童稚的聲音興奮地說道。

小孩身旁有位看起來是他爺爺的老紳士，兩人緩緩地走進店裡。

「嘸啦～曾孫子〝新年來我們家玩，吵著說想吃巧克力，就順路進來了。你們的店面很漂亮耶。」老爺爺身穿俐落的大衣、搭配一套黑色西裝，與那頭白髮形成了強烈的對比，而更顯得穩重又有魅力。

「謝謝您的稱讚～祝您新年快樂！」

「是啊～也祝您新年快樂。小傢伙，你也要打招呼啊。」

「大家新年快樂！」滿臉稚氣、約莫是幼稚園年紀的孩子早已在店裡東奔西走，直到聽見爺爺的催促，才轉身彎下腰跟大夥兒打招呼。而我們則都以「謝謝喔！祝你新年快樂」回禮。

「鍾浩啊，你想吃什麼巧克力？」老爺爺以「鍾浩」為名呼喊孩子，並一面看著巧克力櫃、一面對著興奮蹦跳的孩子問道。

「從這邊到那~邊，我全都要！」

「你知道這些是什麼口味嗎？」老爺爺手指向玻璃櫃裡陳列的巧克力，並問了孩子。

「嗯，知道哇！巧克力口味、甜甜的口味、好吃的、黑色的、褐色的、粉狀的！」聽到小孩單純又有創意的回答，大夥兒都開懷大笑。

「有包杏仁的、跟一個這個，還要什麼好呢……再給我有包水果的、跟一個這個和焦糖巧克力，嗯，這個感覺也不錯，然後麻煩再給我今天的禮盒包裝。」

帶著微笑的老爺爺東看看西看看，挑選櫥窗裡陳列的巧克力，並問了孩子：「乖孫，選一個自己想吃的。你再不趕快選，爺爺就要全部吃掉囉？」

「嗯……那我要那個大的巧克力棒！」老爺爺好似新年的大客戶，各個種類的巧克力幾乎都挑了一輪。

「哇，太好了吧~爺爺竟然幫你買這麼多巧克力！」

11此處原文為「曾孫」，其他處兩人都是以孫子－爺爺相稱。

「要對媽媽保密才行，不然她會不高興，因為媽媽說吃了會蛀牙。而且，爺爺挑的巧克力裡面也有一些是要買給奶奶的，不是全部都是我吃啦～」鍾浩的語氣裡有些委屈，但同時想到有巧克力可以吃，又有點亢奮。

「哇，看來夫人很喜歡吃巧克力呢。」

「呵呵，沒錯，很喜歡。」見老爺爺神色愉快又興奮，而正當我要稱讚爺爺很紳士時，他的電話響起了。

「喔，啊是這樣呀？那你們慢慢來吧，我們在這裡等一下。行。好，嗯～」

「乖孫，我們在這裡多待一下好不好？你爸媽有其他事要辦，所以會晚點過來，我們等一下再去找奶奶，好嗎？」

「嗯，好！那我要邊等邊喝牛奶！」

「噢，孩子爸媽說會晚點到，請問能在這裡多待一陣子嗎？」

「啊，當然可以囉，那麼需要幫您準備一杯牛奶嗎？」剛剛聽到孫子說想喝牛奶，我於是主動問道。

「好的，好極了，謝謝您。」

在準備熱牛奶期間，老爺爺悠然地在店裡閒晃，直到視線停留在寫著「單戀諮商室」的牌子前。

「單戀啊……老頭如我也能接受諮商嗎？」聽到爺爺的自言自語，我便迅速地回覆：「喔？真是太好了，絕對沒問題喔！」

不知何時，老爺爺的曾孫已經跑到外面，想用地面上累積多時的白雪做雪人，爺爺則是跟在後頭為孫子加了件厚外套，並囑咐他天冷別在戶外待太久，再自己走回店裡。

這是我第一次聽老人家的愛情故事，我以有些尷尬、也有點期待的心情，引導站在門邊的老爺爺進入諮商室。

「客人，您今天看起來很帥氣呢。」我稱讚了老紳士的整潔打扮。

「呵呵，您過獎了，這……有點不好意思呢。」

「但是，您真的可以在這裡分享初戀故事嗎？不會被奶奶罵嗎？」

「呵呵呵～沒關係，沒事的，她會原諒我的。大概……啊……應該過了七十五年了吧，初戀。」

「啊，那麼爺爺您今年……大概就是七十五歲嗎～？」

「呵呵呵，感謝，您真會說話。我今年要八十八歲了，挺老的吧？」

「真的嗎？喔，才沒有呢！您看起來還很硬朗呢。」

爺爺聽我說完後豪邁地笑了幾聲，接著出神似的凝想片刻，猶在從漫長的歲月中翻找記憶，然後用「那麼我就要開始分享囉」的神情講起了自己單戀的故事。

「別看我現在這副模樣，我以前就是個鄉巴佬，早早順應著兩方父母的意見，匆匆忙忙地結婚成家。一開始，我沒有愛上權美京女士……美京是我的初戀，也是我的老伴。」

啊……共度一生的伴侶就是老爺爺年少時的初戀啊。

「那時只是看大家都結了婚，所以我也跟著結了。初次見到她時，我只覺得她長得好看，接著再發現她家事也做得好，而看越久越感受到，她怎麼樣都很美。呵呵，最近看見她牽起我的那隻手，就算早已布滿皺紋，在我眼裡仍是萬分迷人。年輕人大概沒辦法理解，以前年輕貌美的時候當然也漂亮，但在我們一起變老的這個當下，她也同樣美麗。」不論是當時、還是現在，老爺爺眼裡的她總是動人，想到老伴，老爺爺便牽動滿臉的皺紋微笑著。

「您就是這樣被奶奶迷倒的嗎？」

「嗯……年輕人最近都這樣形容嗎？呵呵，比起迷倒，簡單來說，就是會想永遠陪在她身邊吧。啊不過，喜歡上她的契機則又是另一段故事了。」

想起奶奶的老爺爺看起來有點害羞、也有點得意，接著又開啟了下一個話題。

「哇～什麼樣的故事呢？」

「有一天，聽說是鄰居那邊送了幾把菜來，於是美京氣喘吁吁地跑出家門外。我以為是因為她身後的陽光過於刺眼，我才皺起了眉頭，但不是的。向我走來的美京，就是照耀我世界的珍貴光芒。

「我緊緊瞇著的細小雙眼中，容下了大大的美京。」

那天，他明白了，他找到自己想成為一個好人、好丈夫跟好爸爸的理由。回憶起過往時節，他臉上浮現了淺淺的笑容，似是在腦中描繪起年輕的妻子與年少的自己，乃至兩人所在的老家前院。

「話說回來，您一直稱呼她為美京、美京女士呢，真是溫情四溢呀。」

「呵呵，我以前還因為這件事被父母訓過很多次呢。哎呀，真是的，能在年輕人面前說自己父母的閒話嗎？不過，我還是堅持以她的名字稱呼她，若我不叫我的另一半，還有誰來叫她的名字呢？平常，大家都叫她鎮錫媽媽、忠基家[12]、兒媳婦嘛……」

他對年邁老妻的稱呼中蘊含著關愛，我不禁感到佩服，也被這深長久遠的愛情故事打動。

「哇，能得到丈夫的愛，奶奶她應該也很喜歡吧，丈夫還穿上一身帥氣的衣著。」

「我呀，依舊希望能在美京面前永保帥氣。若她忘記了今天的事情，那麼對她來說，我現在的模樣就是唯一的最後身影嘛。我想一直以最帥氣的樣子被她記住，所以天天穿成這樣去見她。」

忘記的話……？我以為他只是想表達她老人家上了年紀健忘，而並未多問。

「那您有幾個孩子？」

「四個女兒、兩個兒子，全都結婚了。生了孫子孫女，甚至有了包括鍾浩在內的幾個曾孫。這樣算是人生圓滿了嗎……？

「剛開始真的很辛苦。這是一場沒有愛情基礎的婚姻，而新郎又不是個太正常的傢伙。唉，我是個不稱職的丈夫。」

爺爺小小埋怨著過去的歲月，又後悔當年的自己沒能更善待奶奶，接著，看著桌上擺飾用的可可果實說道——

「誰能想到，這可可果實堅硬的外殼裡藏著白色果肉，而果肉又能創造出香甜的巧克力呢？」

「哦？您怎麼知道巧克力的原料是這個果實呢？」

「哎呀，沒什麼，就是知道。我從『give me chocolate』[13]時期，就已經喜歡吃巧克力了呢。」

12 指該人的出身地區。

13 美軍駐韓時期，韓國當地小孩會以「give me chocolate」的口號，向美軍索討巧克力。

紳士般的爺爺，有著十足的幽默感，那笑聲中仍然帶有了年輕的氣韻。

在樹上生長的可可果實長得凹凸不平，經過人們的巧手後，卻能成了人見人愛的巧克力。若當初沒有任何人發現它的存在、也沒有人嘗試去加工它的果實，它就無法發揮它的潛力，創造出甜蜜的味道、又撫慰爺爺苦澀的青春了。

「人生好像也是如此。我們很努力地討生活，才從小農村搬到大城市，在拮据的環境裡打理家事，美京她可辛苦了。就像原本食之無味的果實，要花很大的功夫才能變成可口的巧克力，本只是個泛泛之輩的我，遇上了我心愛的妻子，才得以蛻變為有擔當的大人、到現在成了個老頭子。」

二十一歲那年，他與十九歲的美京小姐相遇，在那個生活不易的時代，挺過了艱苦的青年時期，他才得以如剝開的可可果一般，逐日發光發熱。

「大概……是我五十歲左右的時候吧，我得了癌症。儘管如此，我也並未對世道感到不滿，我只想著，啊，幸好是我承受這些病痛，而美京可以不用經歷這些煎熬，這已經多麼令人感謝。那份感激之情比病痛來得更深刻多了。」

「那現在……您都痊癒了嗎？」

「哎呦，正如您所見，我現在是老人活動中心裡最身強體壯的呢。」

爺爺聳動了肩膀，像是在證明自己的身體有多健康，真是萬幸。

「要是生活更富裕，是不是就會沒事了呢？是不是以前過得太辛苦了？究竟是想忘卻什麼，她才會把我也忘了……？讓她吃了這麼多年的苦，這一次最令我覺得愧疚。侍奉完婆家、又照顧罹癌的丈夫，那該有多麼辛苦，還以為現在終於熬出頭、剩好日子要過，卻輪到她自己生了病。我當然很難過，覺得一切都是我造成的。」

「請問奶奶身體哪裡有微恙嗎？」我小心翼翼地問道。

「醫生說是老人癡呆。」

「啊……」

剛才說「忘記他」，指的是老伴的老人癡呆呀——不只是單純因上了年紀而慢慢變得健忘，而是確確實實的醫療診斷。

「本來啊，比起死亡，我更討厭衰老，卻因期待能和美京女士一起和睦生活，而開始盼望、迎接來日。趕緊把孩子們一一送去結婚嫁娶，想著我們倆要甜蜜地白頭偕老，並期許樸實的幸福能長長久久，伴隨我們老去。但現在……怎麼能這樣呢？在我還有能力照顧好她的前提之下，我希望自己能比她多活一分鐘，就只要一分鐘，好讓我陪著她到最後一刻。」

「目前……很嚴重了嗎？」

「她已經完全忘記我了。我的初戀對象把我忘了。明明喜歡過我、說著不能沒有我，如今卻連我是誰都認不得了。她嘴裡喊著我的名字，說的卻是『東植先生說好了要來的，爺爺您請先離開吧』，其實我就是東植呀……」

「妳討厭我嗎？我就是東植啊？」

「走開，我不喜歡你。」

「美京女士的一字一句，都刺痛著我身體的每個角落。分明外觀上仍是那位漂亮的美京，她卻變得更年輕了，回到了青年東植所在的過去，而認不出現在的我。」

「我想和你短暫地年輕，再長久地老去。」

「年輕的時候，美京還曾經這麼跟我說過。是因為當初的『老去』前面沒有加上『健康』二字嗎？青春確如白駒過隙，我們卻是在百病叢生中慢慢衰老呀……」

還以為青春的苦痛會在青春中結束，卻沒想到老年亦有老年之痛……我還以為能和妻子一起長久地老去，會很幸福的。儘管現實如此無情黯淡，他卻僅是滿懷感激，感謝自己軀體與心靈尚能讓自己全心全意地向著她。

「因為我的氣力實在不夠，所以最近把美京託付給了安養院。雖然以前都是我親自幫她洗澡、餵飯，但最近我也沒力氣了，實在別無他法。」

老先生長嘆了一口氣，接著注意到電話震動，才確認了訊息，並說道：

「時代真是越來越進步，想當年，我們年輕的時候，根本沒想過叭，能用這手機和別人講電話的，哎呀……

「然而，醫療變得這麼發達，卻還是沒有人能治好美京，沒有任何方法能讓她再認得我了。」

世界變得再好，她也不再愛戀著他。你也還是沒有喜歡上我。

曾經，爺爺與自己的初戀情人修成正果，如今，他的愛情成了單戀，愛著已經將自己忘卻的她。雖然就此失去了以前愛過的她，他仍對此感到心滿意足，因為自己還愛著她，這樣便足矣。

「……如果哪天奶奶的記憶恢復了，您有什麼話想對她說嗎？」

「如果她的記憶恢復了，我大概只想以美京女士丈夫的身分說，謝謝她還活著，謝謝她還在我身邊。」

他望著天空極遠處那隱約可見的明月說道：

「月亮再遠，在這裡都能看得見，但要是以後，美京駕鶴西歸，去了更遠更遠的地方，使我再也看不見她，該怎麼辦？」

看著那遠在天邊的月亮，他掛著笑容憶起了年輕時的奶奶，圓圓的臉充滿魅力，又接著想到即將面對的將來，爺爺自言自語地問道，而我什麼話都說不出口，只能以長長的靜默給予安慰。瞧見念起奶奶的爺爺，臉上露出淺淺微笑，我問道——

「奶奶現在還很漂亮嗎？」

「哎呦，當然了。她是我認識的女人中最漂亮的。」

那是我看過最燦爛的笑容，好像爺爺只要想起奶奶，嘴角便會滿溢著幸福，久久不散。

就算他的青春已經逝去，但那曾經年輕的愛情卻像生命之繩一般牽引他活下去。啊，這大概就是愛情吧。巧克力源自於可可豆，而據說，可可樹必須在其他大樹的庇蔭下才能生長，因為水分是可可生長的關鍵，為了保住水分，它需盡量避開自然中的日照與風吹。也許，對於奶奶來說，爺爺正是大樹般的存在，使她永保生機，兩人相互支持、擁抱著。

爺爺的故事差不多結束時，在外獨自玩耍的孫子走進了店裡，並說自己堆好了雪人。

「哎呀，這麼快就堆這麼高了嗎？不愧是我家乖巧的曾孫啊！」

「爺爺，我們現在快去見奶奶吧。我好冷！」

「嗯，行。你爸爸媽媽也說快到了！」

爺爺拿著剛剛震動的手機，確認了寄件人與簡訊內容後，「呼～呼～」地在孫子的手上哈氣吹暖、趕走嚴寒，並向我表示感謝。

「謝謝您剛剛聆聽我這個不起眼的老頭子分享愛情故事，我得去跟美京炫耀一下了。」

「哈哈，沒事的。我才更要感謝您呢。既然聽了爺爺的愛情故事，我就以這個當作回禮吧，免費！」

他帶著謝意說著「哎呀這怎麼好意思」，而將其轉交給了孫子，並催促孫子趕緊道謝。

「謝謝您！哇！這裡面有紙條耶。」

一收下我送的空心巧克力球，鍾浩敷衍幾句表示感謝，隨即拆開包裝，「喀吱」地一口咬開巧克力，一邊說道。

「請享用～這是空心巧克力球，為了祝大家新年快樂，這巧克力就像幸運餅乾一樣，裡頭放了有短句的紙條呦。希望爺爺和孩子收下後，都能度過美好的一天。」

「哎呀呀，真是太感謝了。不用看就覺得今天剩下的時光會很幸福呢。」

爺爺致謝時，鍾浩的父母正好抵達店面，而順勢一起收下了新年祝福後才離開。走出店門口後，爺爺從鍾浩手中接過了巧克力裡的紙條，他的臉上露出了微笑，並緊握著鍾浩的手，與家人一起走出了小巷弄。

巧克力可以提升人的認知能力，

或許，意識到他的愛情向著你，是因為先從你身上嘗到點滴的甜蜜。

總有一天，年輕時的初戀會變成龍鍾佝僂的老爺爺老奶奶。

但是，在對方的記憶中，你也會獨自停留那年漂亮又帥氣的模樣，

即使對方老了，心中的初戀會永遠青春美麗。

Sarang de Chocolate

甘納許巧克力

「新年快樂。」

爺爺離開店裡了。轉眼間紅日西垂、新月升起。雖然時間好像有點晚了，我仍不自覺地想起他，並傳了一則簡訊。

「嗯。祝妳今年也大吉大利。最近過得還好吧？」

是從那一方傳來的問句。

「嗯。再來店裡吃巧克力吧～」

「嗯，我一有空就去。」

我沒有再追問，我們是只比每逢年初年末跟紀念日時，互致問候的老闆與客人再熟識一點的關係，就到那程度為止。

整理好店鋪後回到家，我趕走了蔓生窗邊的冷空氣，在冬日糖炒栗子的餘溫中結束了一天。窗外的月亮依舊冉冉升起。

轉眼間，月曆又被撕下一張，逐漸適應了冬天，也快要習慣新的一年。就在這樣的時節，店裡來了一位可愛的小男孩。小客人神色陰鬱，旁邊那位看似是孩子母親的女性，正為了安撫他而忙得不可開交。

「你就在這家店買點巧克力，明天當禮物送她就好啦～嗯？正薰怎麼了呀？不聽媽媽的話就是小寶寶哦。」像小嬰兒一樣哭哭啼啼的孩子，聽到媽媽的話後，趕緊整理了衣著，清楚地說道——

「馬麻，我不要當小寶寶。不可以告訴智妍哦，知道嗎！」

「嗯。知道，我知道，小寶貝……不，正薰好棒哦。」

小男孩不知不覺已興高采烈地開始哼起旋律。

「小客人，你今天為什麼心情不好呀？」

「智妍說她不喜歡我，她喜歡隔壁迎春花班的鎮宇，他的個子比我高一～點。」

哽咽的小男孩像是隨時都要爆哭，盡全力用手比出了最小的「一～點」。

「哎呀，又要哭了。正薰，來，不哭！我們要來買巧克力送給智妍了呀，所以不要再哭囉。」

小男孩聽到媽媽的話，接著努力忍住雞屎般大的淚水。

「誰會想到七歲的初戀會這麼不容易呀，他還叫我帶他去醫院呢，說自己得了『相思病』啦，真不知道是從哪裡學來的。」

為愛所苦的小客人實在是太可愛，她於是開懷大笑。

「為了治好相思病，巧克力是最好的靈藥了。名字是……正、正薰對吧？正薰啊……你來這裡就對了。你喜歡智妍的哪裡呢？」

我用眼神向孩子的媽媽確認了他的名字，並接著訪問了七歲單戀苦主的故事。

「她，很漂亮！我們兩個是同班同學，她每天都會把她的食物分給我。

她人很好吧！」

正薰的話語中展露出了他以智妍為傲的自信，而我們在一旁的大人們，都不禁覺得他很可愛，可愛到令人不知所措。

「我的生日派對上，智妍還親過我喔。妳看，很漂亮吧！」

他從口袋裡掏出了皺巴巴的東西——是幼兒園生日宴會時智妍親他臉頰的照片。

「真的很漂亮呢~不過你有跟她告白嗎？」

「喂。李智妍！和我交往吧。」

「不要。我不喜歡你。」

「我怎麼了嗎？我長得很帥啊。」

「鎮宇每次玩玩具都會讓我，上次Pepero Day[14]還送給我餅乾，你又沒給。」

14 pepero 是韓國樂天出品的巧克力棒餅乾，因為細長的巧克力棒與數字 1 神似，在韓國，每年的十一月十一日被稱為 Pepero Day，男女會互送 pepero 餅乾、表達心意。

「我上次不是有送妳糖果～」

「傻蛋。鎮宇送我三次耶。而且他也有跟我說他喜歡我！」

「我有！但是因為我沒送餅乾，智妍說她不接受我的告白。所以，我這次情人節打算送她巧克力、然後再告白一次！」

「真的嗎？那智妍喜歡什麼樣的巧克力呢……？嗯……甘納許巧克力怎麼樣？」

聽著孩子們稚氣未脫、卻又自有真摯的愛情故事，我笑了笑，稍微收斂後，將甘納許巧克力遞給了小客人。究竟智妍真的是因為他不給餅乾就不跟他交往嗎？看來好感是不分年紀都能體會的。情敵鎮宇表明了自己喜歡智妍的心意，而正薰則是在告白之前，就直接跟對方提了交往。不知是不是女人最了解女人心，我好像對智妍心有戚戚焉，一邊回應著小男孩，一邊從擺在陳列櫃前的瓶子中，拿出了包裝好的巧克力。

「哇，什麼是甘納許啊？」

「甘納許（Ganache）在法文中是傻瓜的意思，傳聞中，曾經有一個人在餅乾工廠工作時，不小心將加熱好的牛奶倒入了巧克力裡頭，那時人們稱他是傻子，結果人們後來才發覺，如此一來產出的巧克力會柔順到入口即化。」

「嗚哇，很好吃耶，比名字聽起來還好吃很多！」

正薰的母親也收下了巧克力，咬下一口後如此說道：

「雖然人家智妍說不喜歡我們正薰，但是你的心意還是跟巧克力一樣柔軟又討人喜歡，知道了嗎？所以說，你不要急著放棄，再挑戰看看吧，好嗎？」

「初戀的結果有兩種，她可能緊緊靠在自己的身邊，或是以依稀模糊的記憶在你心底的某個角落長存。」

我是這麼想的，那個孩子能否理解這段話並不重要，等時候到了他再想起我所說的話，也許就會懂了，然後人生中至少會鼓起勇氣一次吧。當下，小男孩聽而不聞地稱讚巧克力的美味、並想著要快點送給智妍，而開始興奮地催促媽媽買更多的巧克力。

小男孩生疏地體驗初次的愛情，既純真又真摯，所以更顯可愛。他跟剛進門時為情所苦的神態不同，興致勃勃地蹦蹦跳跳，拿著一袋巧克力離開了我們店舖。

如同孩子逐日成長茁壯，
每當我看到你時，
心中的愛意也會萌芽抽枝。

Chapter ∕6 如果愛情就是這樣

Sarang de Chocolate

紅寶石巧克力

情人節一到，巧克力店忙得不可開交，即使平時這裡客流量不高，也毫不例外地生意興隆。而到了商店關門的時間，眉開眼笑的我便像個孩子一樣興奮又悸動。

「妳今天有空嗎？要不要約咖啡廳聊聊天？」

是敏雄學長。時隔許久收到他的簡訊，我一大早便立刻給予答覆。

「可以！」

結束東奔西走的一天，為了跟久久不見的

他相聚，我整理了凌亂的頭髮跟衣著，前往我們約好的咖啡廳。雖然他的簡訊來得突然，讓人有些措手不及，但想到這是第一次跟他約在外面，我便情不自禁地洋溢著笑容，挺過了繁忙的一天，就是為了這個時間的到來。我將提前預留的巧克力放入包包中，然後來到了咖啡廳。

而許久不見的那個他，不知為何看起來也有些亢奮，神似那個不久前見過的小男孩客人。

「妳要喝什麼？」

「我要奶茶。」我向他交代後，由他去櫃檯點餐，並端著熱氣騰騰的奶茶跟美式咖啡走回來。

「你這陣子很忙嗎？」

——心底想說的是「為什麼最近都沒來店裡，我等你等好久」，我勉強繞了一圈才這麼問道。

「我想說利用公司的幾天特休充電一下，所以去了一趟國外。」

「啊，原來是這麼一回事啊……」我想問他為什麼沒有告訴我，不過我覺得自己也沒有資格問這個問題。

我有意無意地向他低聲嘟囔道：「不是說要常常來店裡，直到吃遍我們巧克力店的所有口味為止嗎？」

「怎麼了嗎？這期間想念妳的初戀情人了嗎？」他眼神別有用心，又若無其事地笑著說道。

真是煩人。我平復了因為悸動而激動的內心後接著說道：

「不要開這種玩笑喔。」

他像是突然想起了什麼而開口——

「啊，我花了點時間思考……所以不知不覺就有點遲了。但還是謝謝妳傳了新年祝福的簡訊給我，我那時所在的地方剛好比韓國時間晚一天，所以妳遲來的簡訊來得正巧。」

關於遲到的新年問候，我本來心裡就有點過意不去，現在終於如釋重負。

我一臉「原來如此啊～」的滿足貌，接著，他將一個偌大的巧克力禮盒遞到我面前，上頭寫著一家義大利巧克力專賣店的名字，那是我當年留學生活結束後，在歐洲環遊旅行時發現的愛店。

「要吃巧克力嗎？」

面對他突如其來的禮物，我高興在心中，而語氣生硬地問道：

「這是什麼呀？海外旅遊的紀念品？謝謝你，不過我們店裡巧克力也很多耶。」

「有是有，但沒有我送妳的呀。」

又、又、又來了。真不知道他今天為什麼這樣。是存心要捉弄我嗎？啊，我想，這就是為什麼他那麼受歡迎吧。

「你知道今天是情人節嗎？」

「啊，是這樣嗎？」

不知道是刻意裝的、還是真的不知道，他無心地遞了巧克力，表情中卻藏著幾絲尷尬。

「仔細一想，我們都在一些特別的日子相互聯繫了呢，聖誕節、元旦跟今天。」

我想著「還真的耶」，念起在這些特別的日子，能跟特別的那個人來往交流，我不禁因害羞而紅了臉，於是趕緊接話。

「是紅寶石巧克力啊。謝謝你。」

「啊，原來那個字是紅寶石的意思啊？顏色很漂亮吧？感覺妳會很喜歡……加上妳之前送我的巧克力很好吃，為了謝謝妳的心意，所以我就買了。」

「啊？上次的巧克力嗎？」

「不，在那之前，國中時收到的那份巧克力。」

他吞吞吐吐地說著，表情不僅帶有歉意，也有一點欣慰。時隔十多年收到的回禮，我不但沒有因此無言，反而因為伴隨的悸動再次感到羞澀。

即使十年過去了，當時的感情對我來說仍如昨天的事情般記憶猶新。這些日子裡，已經在心裡慢慢收拾整齊的情感，轉瞬間又四散地亂七八糟，如突然湧入的潮水般令人難以承受。就像巧克力能盛載著甜、鹹、酸，偶爾還有苦味跟辣味等各式各樣的味道，在他面前，我感受到了思念、情分，還有仇厭，又有謝意，乃至真正的「愛戀」。害臊的我努力掩飾多種混雜的感情，而刻意地轉移焦點，問還有什麼別的話題可以聊。

「你知道情人節是怎麼來的嗎？」

「Valentine不是什麼某個人的名字嗎？據說跟那個人有關，是嗎？」

「是的。羅馬皇帝為了動員青年男子參軍，所以下達了結婚禁令。然而，當時有一位名叫Valentine的祭司，因准許相愛的年輕男女結婚，最後殉教身亡。據說，他在去世之前，留下了一封寫著『Love from Valentine』的信，於是這個傳遞愛意的習俗，便就此延續至今。」

我試探性地接連介紹了情人節的歷史淵源。雖然我最想問的其實是——為什麼偏偏選到比任何日子還特別的今天、偏偏送了巧克力，又為何偏偏是你……為了阻止這些話從喉嚨脫口而出，我乾咳了幾聲後，尷尬地從包包內拿出要送給他的巧克力禮盒接著說道：

「但是情人節在韓國應該是女方送禮的日子才對吧……？」我也假裝無心地將其遞給了他。

「什麼呀，妳是看準今天情人節送給我的嗎？」

「沒什麼啦，這剛好剩下的。」

剩什麼剩，早在今天店裡第一批巧克力出來時，我便包裝好這盒收進我的包包裡了——為了送給他。

「哇嗚，看起來好好吃啊。在你們店上班多好啊，還會剩下這麼珍貴的巧克力。」

不知道那個人心中到底知不知道，只見他像個小孩子一樣嘻嘻笑笑地三番兩次道謝。

「啊，但是這麼一來，我的禮物不就又不足以報答妳了嗎？以後再買給妳別的。」

為了國中時收到的巧克力買來了回禮，如今又因為我送了禮盒，而增加了「債務」，於是他又相約下次再見。接著，我問了一個從以前就好奇的問題。

「你的理想型是什麼？」

「妳突然這麼一問，我也沒什麼想法耶……應該沒有特別的條件吧，嗯……」

即使提問猝不及防又尖銳，他仍是欣然地苦惱幾番，接著用淺淺的微笑取代了沉默，在緩慢前進的時間裡正視著我的雙眼說道：

「看到別的女生在耳朵上戴戒指，或是在手上掛項鍊，我會覺得有點反感，但如果是我喜歡的人這麼做，我不會有意見；我討厭看到別的女生把短袖穿在腿上，或是把褲子套在頭上，不過，只要是我喜歡的人，無論她做什麼，我都喜歡。」

極端的舉例讓我噗哧一聲，哈哈大笑起來。

「哈哈，什麼跟什麼啦。」

「總之，無關乎什麼理想型，只要是我喜歡的人，她做什麼都行啦，她想揹什麼、穿什麼、戴什麼、吃什麼、寫什麼，我都無所謂。」

「真好。」

「哪裡？」

「該怎麼說，你的意思不是『因為她這樣我才愛她』，而是『即使她這樣我也愛著她』吧。」

「嗯~是吧。妳呢？」

我回了「我也是」，一切盡在不言中。青少懵懂時第一個喜歡上的人成了我的理想型，並就此一直是我的理想型。我的理想型在我的面前問我的理想型為何，害羞的我答不出「就是你」，只能以「我也是」一言以蔽之——「所以我也愛你」、「因為你是你」等等的話都被濃縮在其中。

「因為我愛你，所以連同你周邊的環境我都喜歡」這句話是對的。即使夜晚漆黑、寒風冰冷，奶茶冷掉後味道也逐漸變淡，不知不覺間，此地已足以使我們之間蕩漾著緊張與悸動，空間猶如只剩下眼前的彼此。我愛著和他共處的時光裡的一切，我喜歡著那些時間裡的我們。

我們凝視著彼此的眼睛說了好一陣子的話，期間，我感受到，似是我身後有某個人和他對到眼，然後他又躲開了她的眼神。他身後的玻璃窗映照了那個女子的身影，而且她正朝著我們走過來。當她將目光投向他時，我稍稍轉過頭看了她一眼——是張智允小姐。

智允小姐的故事與學長說過的故事開始在我的腦海中翻攪、混而為一，啊，原來當時智允小姐說的男友正是宣敏雄先生。當我試圖在腦中將碎片一一拼湊時，眼前的宣敏雄取得我的諒解，並走向了那位女子。

「我失陪一下。」

兩人交頭接耳的模樣讓人感覺情況不妙。啊，看來智允口中的交往對象真的就是這個男人呀，窗戶反射著兩人對話的身影，而我能聽到的只有他說的一句「我無話可說」。

「啊，抱歉，剛剛遇到認識的人。」快速地結束了與智允的對話後，他一回來便接連道歉，而我也只是回了「沒關係」。

「是……剛剛那個人吧？分手的前女友。」

「哦……？嗯。妳怎麼知道的？」

我沒說是因為她來過我們店裡，也沒脫口說出，她曾在他與新的男人之間徘徊不定。

「就是，感覺啦……你們都解決了嗎？你之前不是還說你忘不了她嗎？」

「哪有什麼解決不解決的。就，現在都已經忘掉了吧。過不久就該被我忘記的人，我不必無緣無故地為她再感到痛苦了。唉……不了，現在絕對不會了。」

「……那個人說了什麼嗎？啊，這可以問嗎？」

「她就說希望可以小聊一會兒、自己有話要跟我說。我就說我無話可說、一切都結束了，要她走自己的路，還說，以後我們就算碰面，也別再裝作認識彼此了，之類的。」

「啊，這樣就對了……還有啊，你們會分手，不是你的錯，你們的一切已經走投無路，而你已經是一位夠好的前男友了，希望你別怪罪到自己身上。就如你說，你們已經倦了，愛情消磨殆盡了，才分手的。」

「因為愛情甜蜜？[15]愛情若是甜的，怎麼會走到分手這一步呢？啊，是甜度太高了嗎？」

學長擔心我會覺得丟臉，還提出自己的解釋，試圖化解尷尬的氣氛。

「不，噗哈哈，你在說什麼啦。我是說『消磨』，愛情磨盡了，關係支離破碎，身心也疲憊不堪，這都是因為你們累了才變成如此。所以我說，對於那段關係，請不要再感到自責了。」

我並沒有將她的長篇大論一併抖出、藉怪罪女方來安慰他，而只說，時間流逝之下，他們的心意就變成這樣了，如此罷了。

「嗯，謝謝妳……都多虧有妳。」

「什麼？我沒做什麼吧。」

智允小姐也曾跟我道謝，雙方的兩聲「謝謝」就此重疊了。糊裡糊塗間，兩人離別過程所經歷的片段與片段，在我的腦海中組合成完整的故事，最終的畫面裡再浮現了學長的模樣。那個他現在正望著我，嘴角帶著笑容說道：

「這段期間我花了很多時間思考，我覺得真是太好了。」

「你指的是……？」

「就是一些，關於我可不可以重新開始愛情，關於我能不能跟著心之所向行動……我苦惱了很多呢。而今天來赴約後，我更加確信了……話說回來，

15作者雙關了韓語讀音相同的磨損（닳다；dalh-da）與甜的（달다；dal-da）。

這裡的景色真好，是吧？」

他望著窗外的優美景色，獨自思考了好一陣子才說出這段話，又立即刻意地轉移了話題。我接著開口，問的問題或許正跟他的想法不謀而合。

「你覺得愛情是什麼呢？」

「看妳的提問越來越多，今天算是一趟出差了吧。不知道。我沒想過，但反正愛情不都是那樣嗎？從某個瞬間開始喜歡，又在某個瞬間感情降溫，大概都是這樣的吧，毫無理由地受情感左右。還有，與其說是對方做了什麼事情才喜歡上人家，不如說是因為喜歡那個人，而顯得他不管做什麼都討人喜歡，這不就是愛情嗎？」

「你說的某個瞬間，會是現在嗎？」

我並未細問——這是指喜歡還是開始感到反感的瞬間，我只希望他能看出我想要的答覆為何。

「嗯，應該是吧。」

「你認為對你而言的人生之書是哪部作品？」

「也太突然？嗯，我呢……我喜歡卡爾．皮勒摩的《發現幸福：1000位長者教會我的人生30堂課》[16]……？」接受我突如其來的提問，他顯得有點驚慌失措，但又在深深苦惱之後接著回答。

「一個人心目中最好的作品，會包含著那個人的喜好跟生活，這麼一來，便可以看透那個人的人生。嗯，那你人生中最喜歡的電影呢？」

「哦……有什麼呢……《愛在心裡口難開》[17]。」

「哦！我也喜歡那部作品。你為什麼會喜歡那部片？」

「嗯……我只是現在剛好想起來。」

我猶豫了幾番，最後開口問道——

「那你的愛情呢？」

16 *30 Lessons for Living: Tried and True Advice from the Wisest Americans*，作者透過傾聽一千多位長者的人生經歷，發現他們的建言不約而同指向三十個課題。

17 *As Good as It Gets*，一九九七年上映。

「還沒有啦。」

轉眼間，夜深了，明月高掛。傾斜的新月，不知不覺又像是為天上添了一條新布。如同滿月暫時依偎著夜晚，我的身體也不自覺地向那個人傾斜，只為了更靠近地聽見他心底的聲音。那是二月中旬。

紅寶石巧克力，
據言是最近才獲認可的第四種巧克力。
不添加人工色素、如實透出從大自然中尋覓的粉紅光芒
——竟然費了人類這麼長的時間，
就像人們到現在才發現愛情最原初的色彩一樣。

Sarang de Chocolate

包裝精美的巧克力

交往的三年期間，智允曾送過我巧克力。那是一個外觀有五顏六色精緻插畫的馬口鐵盒，裡頭放了幾顆獨立包裝的巧克力。我們的關係便像是那馬口鐵盒一般，隨著我一顆顆把巧克力吃掉、鐵盒內的空間逐漸增加後，剩餘的巧克力在盒子裡不斷咔噠作響，吵架的時間也逐日增多了。在那期間，她向我提出了分手，而我不知是出自於遺憾還是依戀，我放下她的速度，遠比她忘記我的速度還慢。

那時的我就是如此。以一個我所設想「慢慢」忘記的速度，將曾經緩緩加深情誼的人逐日淡忘。說時間會解決一切的這句話是對的，前女友在分手不久後便有了新對象的事實，應該也有推波助瀾的效果。日子繁忙，念起她的時間便也漸漸減少，當偶爾又想起她的時候，我會完成之前積欠沒做的事情，將離我遠去的她仔細地抹拭。

將複雜糾纏的情感都傾訴出來以後，我甚至開始覺得「其實沒什麼大不了的嘛」，雖然我記不清準確的時間點，不過大概是從我去了那家巧克力店開始。我突然想起了大學時期，心理學通識課的課程中介紹的「人格結構理論」。我感受到了某種情感猛然襲來，如同佛洛伊德爺爺所說，那不是來自占比極少的意識邊緣，而是由潛在、卻對人類的行為產生巨大影響的「潛意識」主導。

於是我又再去了一次。當知道那個曾經講述自己離別故事的人竟是某個她的單戀對象，而那個人就是我時，雖然有點驚慌失措，但我心中也同時存在著喜悅之情。能同時感受到這兩種情感、且似乎是後者更占上風，或許是告訴我，要開始整頓過去亂如麻的心了。就這樣，在第二次探訪巧克力店後，我將那個女子從前意識[18]拉進了我的意識之中。如她全心全意傾聽我的故事、並助我整理了自己的思緒一般，我也想聽聽她的故事，無關乎她感覺如何，我只希望能多少幫上忙就好了。如此漸漸意識著她的存在，我便下定了決心——我要拜訪到那家巧克力店，直到吃遍所有品項為止。

我還以我的心為藉口約了珠浩。在我們約咖啡廳見面之前，我花了很長的時間堅定自己的決心。休假期間，在義大利看見再美的建築物，我只盼著可以跟別人一起欣賞；當看到街道上漂亮的服飾店，我也想起了同一個人——至於那個人是誰，又是多麼顯而易見。傾斜的比薩斜塔，就如同我的心意一般，我想要輕輕地依偎在一個人的心上——腦海浮現的那個她。我想確認自己的心意，所以留了一點時間等待心中建立起確信。

我甚至討厭起初次見面時，就用前女友話題開場的自己。這樣的我突然又對她說「我好像對妳產生了不同的情愫」，感覺會讓她覺得尷尬又草率。她說得對。我就像透過新的對象，逐漸淡忘著上一個人，與逝去的愛情，於

18佛洛伊德理論中，前意識在層次上處於「意識」與「潛意識」之間。無法時時察覺，但可以靠回憶想起，潛意識則是冰山底下無法意識的部分。

是這段時間，我才偶爾會假借一些特別的日子傳訊息向她問候。多虧了那潛意識中的勇氣，支持著意識之中的我。發出簡訊、等待答覆期間裡，我既感到緊張，一方面又有些期待。一點一滴想起了過去的記憶，再描繪跟珠浩共度的學生時代，我還獨自傻笑了起來。笑完後回神，我甚至開始懷疑是不是珠浩送的巧克力裡藏著愛情的靈藥，就這樣一步步確認了我自己的心意。

啊，這就是單戀。其實巧克力真的很好吃，所以我又去了那家店第二次，且看在之前吃了免費巧克力的份上，也是該去消費支持。應該吧？現在想想，老實說我也說不清緣由。我本來就能對初次遇見的人如此敞開心房嗎？我自己也嚇了一跳，那受傷的心卻似乎緩緩地癒合了。見她專注聽我說話，真誠的眼神彷彿理解著我的心，我滿是深深的感激之情。

於是，在第二次探訪中，她既害羞又堅定地表達自己的想法，我便從那個模樣中對她產生了好感。也許是因為知道她以前喜歡過我嗎？還有那個人的舉止有隱隱約約的可愛？我總是會想起和她共處的時間，而且越來越在意。漸漸地，我想著，若是她仍然對我有意思，真希望她能知道我的心也正在趨近於她。所以我又見了珠浩，然後在那裡見到了跟我提出分手的那個人。

拜訪過珠浩的店鋪後，那個人偶爾會傳來簡訊。對不起、自己不是真心要那樣分手等等一些悔不當初之言。可能是因為和我分手後馬上找了新的男人，她自覺有些愧疚，所以屢次傳來了道歉的簡訊。而我只說了「就這樣那樣吧」、「沒關係的」一些不痛不癢的話語。剛開始，我那份喜歡依舊強烈時，確實曾想過要不要就此挽回她，不過我並沒有這麼做，如同珠浩所說，只要緩和自己這種暫時性的情緒就好了。無論如何，至少，我的這句話是真心的。

希望妳好好的，以後別再聯繫我了。

「你有空稍微聊聊嗎？」

久久不見的前女友再次要找我聊聊，似乎還有話想對我說一樣。

「……不了……我沒有空，也沒什麼話好說的。」

我只想躲開她，我已經整理好自己的心情，我不希望她又用這樣那樣的話語重啟我們的對話。

「對不起。我總想當面跟你說這句話。雖然我們分手了，但是我們也是交往了不短的時間嘛，我本來有想好好地收尾的……所以我很後悔，竟然沒等我們再對話一番，便丟下一句話單方面地宣告分開，直接轉身離你而去。而且，是我自己先投入了別人的懷抱，我們的關係再也不可能回到以前那樣……我那時只是覺得，彼此無論如何努力都很難回到從前，所以才選擇分手。」

最後，我接受了那個女子真心而持續的道歉，我感受到她好像認為必須如此，關係才算是真正的結束，我苦惱著該說些什麼話，最後向她道出了我結束這段關係的感想。

「嗯……我也對妳感到很抱歉。以前，總以倦怠期為藉口沒能好好照顧妳，熱戀時不惜付出的事情，卻隨著時間的流逝而不再於日常中兌現。就當作我們連分手的時候也一拍即合吧，別再怪罪自己了，就這樣吧。託了妳的福，我成長了許多，也學到了許多，這些日子，謝謝妳了。」

還有，在分手後的那陣子，我並不是因為還愛著妳所以讓思念綿延，腦中徘徊的是「如果這樣會怎麼樣」、「那時應該待妳更好的」等早知如此的悔意，再加上，對當初共處光陰的一些謝意……不過，這些話，我則僅是放在心中、沒有說出來。

她眼裡泛著淚光，淚滴映照出咖啡廳微弱的光亮。我知道那淚水的意義。人們因日積月累的喜歡而相愛、成為戀人，而在瑣碎的日常點滴中，又因累積的不愉快漸漸走向分開，最後，我們毫無留戀地說出了心中話，現在才成了完美的離別。淚眼汪汪的智允小姐，似乎這時才想起了我身邊的那個女生，而試圖瞧一眼珠浩的身影，但剛好被路過的人擋住了視線。

「我，我也有喜歡的人了。」

看著我身後珠浩的背影，我這麼自豪地說道。也許我們正是需要這樣的時間，說著——分手之後的那段日子我過得很痛苦，但也多虧了妳，我才會去巧克力店、然後遇見了珠浩。至於「或許是我們的離別，成為我能再次遇見一個這麼好的人的契機」，就自然省略沒說了，當然也沒說「要不是珠浩、要是沒有遇見珠浩，妳在我的心中，到現在還會是一個獨留我心底漣漪蕩漾的壞蛋前女友」。

「太好了。祝你們一切順利。顧好身體哦，再見。」她真心誠意地致上了祝福，並在與我道別後，再次邁開步伐，走出了咖啡廳。

送走了離去的她，我則走回座位。迫不及待要趕快打開珠浩送的巧克力禮盒，我加快了腳步。

Sarang de Chocolate

巧克力牛奶

冬日的嚴寒尚未消退，昨天已有春雨的氣息，「噹啷～」今天的掛鈴依舊與風相應，迎接今日最後一位客人的到來——是轉眼已經成了巧克力店常客的敏雄學長。從那之後，他經常光顧我們店面，好像真的要吃光我們店的巧克力一樣，這些日子裡，我們在外頭簡單度過了像約會又不太像約會的時光，再走回諮商室談天說地，關係逐日變得更加緊密。在一旁，還有不知不覺間已經成了情侶的幸賢和敏英，趁著時間已接近打烊，開始卿卿我我起來。

「明明交往起來這麼甜蜜，當初怎麼會擔心又躊躇那麼久呢？真是的～」

「就是說嘛。雖然我常常這麼說，但還是很謝謝妳。幸虧有妳，珠浩姐，我才告白的。」

聽敏英說，她是趁他們見面、吃飯、去咖啡廳聊天時，抓準時機向宰賢表白的。

「我有這～麼喜歡你，希望你也能這麼喜歡我就好了。」

回憶起那天的場面——當時敏英直勾勾地看著宰賢的臉龐，淡然地這句話後，她就像是事先準備好一般順溜溜地補充後話，看著這一切的宰賢，則因為敏英太可愛而笑得合不攏嘴。

「我是雙眼皮，有自然鬈，如果你跟我結婚生子的話，就可以生出像我一樣漂亮的小孩，要不然你是單眼皮直頭髮耶。雖然我個子矮，但反正有你的高個子，所以沒關係。總之，從遺傳的角度來看，你跟我結婚不會吃虧的。我是以結婚爲前提跟你告白的哦，我的意思是，我希望我的未來裡有你。」

平淡地聊著日常對話，過往的擔憂彷彿都黯然失色，恢復自信心的敏英也對自己感到心滿意足。

宰賢以略帶真摯的神情露出了淺淺的微笑，接著拉起了敏英演示「這～麼喜歡」時高舉的手臂，直指天頂，終於結束了單戀、成為戀人。

「不只是遺傳上，從生物學的角度來看，身為男人的我喜歡身為女人的妳，情感上我也對妳有意思。所以，我會這～～～麼喜歡妳的。」

「你們知道嗎？」

「什麼？」

宰賢以調皮的眼神輪流看向我和敏雄，而正好客人都散了，我便同意他今天可以早點下班，久違地跟敏英去約會。之後，我和敏雄學長，則一起坐在諮商室中，一邊呼呼吹著熱氣騰騰的巧克力牛奶，一邊聊著天。

我說：「據說，一開始接觸到可可時，人們不是把它視作食品，而是當作喝的飲品、甚至當藥材服用，直到後來人們有了從可可豆中分離可可脂的技術，才開始將其認知為吃的食物呢。」

「啊，那跟我很像耶……」

沉默地專心聽我說話的他這麼回道。我試圖以訝異的表情反問他理由，得來的卻是他的另一個提問。

「妳沒有感受過嗎？關於妳也可能是某個人的單戀對象？」

對於他稍早的回應，我還未能理解背後的意義，仍是針對他的提問認真地苦惱一番後回答：「嗯……好像沒有耶？」

「我就只死心塌地地愛過你呀，還有曾經跟某個人談戀愛，倒是從來沒有成為別人的單戀對象過，應該啦。」被他氣得半死的我瞪了他一眼，最後笑著說道。

「應該有呀？」

我的表情藏不住疑惑，開始在腦中回顧過往，思索著應該從哪裡翻找。

「自從我在此地與妳相遇談天，我就越來越喜歡妳了。我還以為是因為巧克力太好吃，但我發現倒不是如此。雖然當時聊的是我的分手故事，但後來我才意識到，我從那時候就已經單方面對妳有好感了。就像巧克力是在某個瞬間起才被人們認知為甜點，曾經我也只把妳單純視作『給我巧克力的人』，爾後才覺察到，妳正是我心儀的那個人。」

我的眼睛瞪得又圓又大，藏不住羞澀，無計可施的我尷尬地將視線移向了窗外。是櫻花。昨天的春雨綿綿和今天的春風，使外頭下起了櫻花雨，街道上布滿了白裡透粉的花瓣。原以為吹的是殘餘的冬風，想不到轉眼間春風已經迎來。

「該來的還是來了呀。」

「既然是妳先喜歡上我的，現在換我先來愛妳吧。」

聽他這一席話，別說泰然地回應，我反倒假咳了幾聲再轉移話題，說著「外頭下起了像雨水也像白雪的櫻花雨」，藉此粉飾住害羞之情。我提議一起去看櫻花，後拉著他的手臂走出店面，我們好一段時間站在原地望著同一個方向。他留心地觀察著我的每一個小表情，小心翼翼地摘下我頭上的櫻花瓣，並抓緊時機，在與我眼神短暫交錯的瞬間說道——

「我現在很愛很愛妳，希望這不是我的一廂情願。」

我偶然與他對上眼後，他凝視著我的雙眼，目不轉睛地說道——

「每當我試想這世界最珍貴的東西是什麼，我的腦中總是浮現出妳……若我對妳的愛意可以成為說服妳的理由，那麼，希望妳也能愛我。」

他彷彿要用盡世界上所有的情話，情不自禁地表明了自己的愛意，聽得我早已害臊至極，羞澀之情灼熱了我的雙頰。過了一會，我將我的害羞推向了春天的涼風，並回答道：

「我喜歡你。謝謝你也剛好喜歡我。」

店裡恰好緩緩流淌著動物園[19]的〈I Will Love You〉。聽他既平淡又令人震撼的告白，我牽起了他的手。在那櫻花終於脫離了緊緊依偎的樹木而成了落花雨時，我們在店門前第一次接了吻。

「我會永無止境地愛著你的。」

如此這般，隨著櫻花飄落，地上先是粉色、再來是青綠色、紅色，乃至最後呈現白茫茫一片，我們走了又走，在巷弄裡齊步而行——就這樣，他成了我的四季。

隨歲月荏苒，看著意中人最終能來到我身旁，我再次滿懷感激地告白——

「我依然喜歡著你，願你也切實地喜歡著我。」

像那空中飛揚的花卉種子，
你乘著春風飄向了我。
落地生根，我種下了對你的愛戀。

19韓國樂團，一九八八年以同名專輯出道。

附錄 小說中主要登場的巧克力

生巧克力（Pavé Chocolate）

發跡於法國，屬於不摻入麵粉的巧克力甜品，特色是口感既滑順又濃醇。

威士忌酒心巧克力（Whiskey BonBon）

此巧克力常作為威士忌的下酒菜，搭配威士忌享用，能體驗到酒與巧克力的味道與香氣的和諧，兩者的味道融合在一起，柔和又香氣濃郁，能帶來雙倍的感動。

杏仁巧克力（Almond Chocolate）

先將整顆杏仁蜜過焦糖後，再以巧克力層層疊加包覆，味道甜蜜迷人。

松露巧克力

在融化的巧克力中混入白糖、奶油或鮮奶油，並視情況加入雞蛋，接著放入香料。將內餡塑成小圓球狀後，再以調溫巧克力包覆內餡，或沾上可可粉收尾。

黑巧克力

可可膏含量達35％以上的巧克力，其中完全不加入，或僅加入極少量的奶粉及砂糖，當可可的含量越高，本身的苦澀味會更加濃烈。

白巧克力

以可可脂為基底，添入奶粉、砂糖等配料而製成的巧克力，因其完全不使用可可膏，故它雖以可可為原料，但不會有巧克力常見的褐色調。

巧克力薩拉米（Chocolate Salami）

此款義大利風味甜點適宜搭配葡萄酒或手工啤酒。食材包含巧克力、薄脆餅、奶油、堅果及果乾類，再加上葡萄酒和萊姆酒等，最後塑成長條臘腸的模樣，可再將它如臘腸一樣切片食用。

空心巧克力球

意即中間為空心的巧克力，可活用模具，將各型態的人物、動物或圖案等具象化後製成巧克力。

甘納許巧克力（Ganache Chocolate）

它可指由巧克力與鮮奶油混合而成的軟質巧克力，也可依照巧克力及鮮奶油的比例差異，調和成液態巧克力淋醬。

紅寶石巧克力

其能呈現出天然的紅寶石色，是瑞士巧克力商「百樂嘉利寶」（Barry Callebaut）於二〇一七年首度推出的新品項，它被稱為繼牛奶巧克力、黑巧克力及白巧克力之後的「第四代巧克力」，無需添加任何人工香料，即帶有輕盈的甜味與果酸味。

國家圖書館出版品預行編目資料

怦然心動的巧克力專賣店 / 金藝恩 著；吳念恩 譯.--初版.--臺北市：皇冠. 2024.02
面；公分. --（皇冠叢書；第5136種）
（故事森林；02）
譯自：수상한 초콜릿 가게

ISBN 978-957-33-4106-2(平裝)

862.57　　112022802

皇冠叢書第5136種

故事森林 02

怦然心動的巧克力專賣店

수상한 초콜릿 가게

作　　者—金藝恩
譯　　者—吳念恩
發 行 人—平　雲
出版發行—皇冠文化出版有限公司
臺北市敦化北路120巷50號
電話◎02-27168888
郵撥帳號◎15261516號
皇冠出版社(香港)有限公司
香港銅鑼灣道180號百樂商業中心
19字樓1903室
電話◎2529-1778　傳真◎2527-0904
總 編 輯—許婷婷
責任編輯—黃雅群
內頁設計—李偉涵
行銷企劃—鄭雅方
著作完成日期—2022年
初版一刷日期—2024年2月
初版二刷日期—2024年3月
法律顧問—王惠光律師

讀者服務傳真專線◎02-27150507
電腦編號◎592002
ISBN◎978-957-33-4106-2
Printed in Taiwan
本書定價◎新臺幣360元/港幣120元